お江戸やすらぎ飯

鷹井 伶

角川文庫
22005

目次

多紀《たき》家

徳川《とくがわ》幕府に代々仕えた医家。本道（漢方内科）。
明和《めいわ》二（一七六五）年、五代目の元孝が私財をなげうって、医師養成校である躋《せい》寿《じゅ》館を設立。幾度か大火に遭い、存亡の危機があったが、その度再建。六代目元徳の時に、幕府直轄の医学館となった。

五代目 多紀元孝《もとたか》――六代目 元徳《もとのり》――七代目 元簡《もとやす》――八代目 元胤《もとつぐ》――九代目 元昕《もとあき》

（七代目 元簡より）元堅《もとかた》（げんけん）
分家し矢ノ倉《やのくら》多紀家を興す。

第一話　廓《くるわ》の少女

いちじく　にんじん　さんしょに　しいたけ
ごぼう　むくろじゅ
ななくさ　はつたけ　きゅうりに　とうがん
ななくさ　なつな
とうどの　とりが　わたらぬさきに
すととん　すととん

まろやかな優しい声が聞こえてくる。台所で、母《かか》さまが唄《うた》っているのだ。

すととん、すととん、唄に合わせて小気味良く、包丁が菜っ葉を刻む。

かまどから上る白い湯気と煮物の匂い、ふんわり甘く、少し焦げた醬油《しょうゆ》の香り。

「佐保《さほ》、父《とと》さまを呼んできて。お食事ができましたよって」

父さまはお庭にいるか、お部屋で本を読んでいるかのどちらかだ。

庭には、それはそれはたくさんの木や植物が植わっていて、季節ごとに花が咲き、実がつく。縁側に座り、庭を眺めていた父さまが、佐保を見て、「おお、おいで」と手招きをした。

「これが何かわかるかい」

笊《ざる》の中には、佐保にとっては見慣れた野草があった。

「せり、なずな、それから、こっちはすずな」

「よく覚えたね。佐保は賢いな」

佐保は元気よく「はい」と答える。

春の七草は全部言える。もちろん、秋の七草だって。

父さまの手が佐保の頭をよしよしと撫《な》でる。

とても大きくて、立派な手。強くて、何があっても大丈夫と思える手。

でも、いつもここで、佐保は悲しくなる。

どうしてなんだろう。父さまのお顔がどうしても思い出せない。

あんなに大好きだった母さまのお顔も……。

一

「ふわぁ〜あ」

大きなあくびにも似た溜息《ためいき》をついて、多紀元堅《たきもとかた》は、手に持った教本から目を上げ、大きく伸びをした。

「あ〜あ、やってらんねぇ」

口から出るのは、愚痴ばかりだ。

時は、文化《ぶんか》十二（一八一五）年五月――、元堅の鬱屈《うっくつ》とは裏腹に、開け放たれた障子の向こうは雲一つない、抜けるような青空だ。

昨日までの雨が嘘のように晴れ渡り、鳥のさえずりも聞こえている。

「あ〜ぁ、どうせなら、蘭学やりてぇよなぁ」

元堅は、そう呟《つぶや》くと行李《こうり》を開け、紙包に手を伸ばした。

紙包の表には、さらりと一筆で描かれた梅一輪の中に「紅」の文字。

この商標を見ただけでも、元堅はにんまりとして、口の中に唾が溜《た》まってしまう。

『紅梅屋《こうばいや》』特製塩豆大福。朝方、小石川《こいしかわ》へ使いに出たついでにこっそりと買ってきた元堅の大好物である。

「くぅ～、たまらん」

一口食べると思わず、声が出た。

畳の上にも着物にも、白い餅《もち》取り粉がこぼれたが、お構いなしだ。

『紅梅屋』の塩豆大福は、その名の通り、少し塩味の効いた餡《あん》と餅皮に混ぜ込んだ赤エンドウ豆が特徴だ。餡をくるんだ餅皮は、まるで白い綿帽子、ふわふわと柔らかで、そこに塩味を効かせた蒸し豆がこれでもかというくらい混ぜてあるのだ。中にくるまれた優しいこし餡と外側の少しごつごつと食べ応《ごた》えある豆、どちらの食感も楽しめる、いわば一口で二度美味《おい》しいという一品である。

ほどよい餡の甘さが口いっぱいに広がると、頬が自然と緩んできた。品の良い甘みは喉《のど》から胃の腑《ふ》をとおり、勉学に疲れた頭へと浸透していく。

頭の芯《しん》がふわふわとした陶酔感に包まれる。

小ぶりだし、あまり甘くないから二つでも三つでも、手が伸びてしまう。太ったと言われようが、これだけは止められない。

元堅は夢中になって頬張りながら、これまた行李の下に隠していた一冊の写本を取り出すと、ごろりと横になった。

写本は杉田《すぎた》玄白《げんぱく》著『蘭東事始』。杉田玄白といえば、『解体新書』の出版で知られる誰もが認める蘭学者であり、この『蘭東事始』（後年、『蘭学事始』として有名になる）は、御歳八十三となった杉田玄白翁が、蘭学を学ぼうとする者に向けて、これまで五十年に及ぶ自らの勉学の歴史を回顧したものであった。

内容としては、鎖国の中、オランダ医学が日本に入ってきた流れから始まって、刑死者の腑分けを見学した際、オランダ医書『ターヘル・アナトミア』掲載の臓腑《ぞうふ》の挿絵があまりにも忠実だったことに驚愕《きょうがく》し、翻訳を決意したこと、専門の辞書もなく、『櫓《ろ》も舵《かじ》もないような船で大海に乗り出したような』翻訳がいかに大変だったか、などが平易な文章で綴《つづ》られたものだ。

元堅は、後書きの一文に目をやった。

『一滴の油、これを広き池水の内に点ずれば、散って満池に及ぶとや』

自らの仕事が五十年近い年月を経て日本中へ広まったことへの喜びと驚き、そして感謝の言葉が目を惹《ひ》く。

己の仕事への強い自負も感じられ、元堅はこういうことが書けるという玄白翁がうらやましくてならない。

「ああ、いいよなぁ」

人を羨《うらや》むばかりで、寝ころんで大福を食べている図は、あまりよいものではないとわかっていても、どうしても、また溜息が出るのだ。

当年とって二十一歳となる元堅は、多紀家七代目当主、元簡《もとやす》の五男として生を受けた。多紀家は、代々江戸《えど》城奥医師を務める医家。本道（現在でいうところの内科）を専門としている。

彼の曾祖父《そうそふ》にあたる五代目、元孝《もとたか》は、私財をなげうって、医師養成校躋寿館《せいじゅ》（後に幕府直轄の「医学館」となった）を創立したことで知られ、以降、多紀家の家長は代々、督事《とくじ》（館長）に就任。いわば、医家の中でも名門中の名家であった。

ただ元堅は五男坊。当時、家督を継ぐのは長兄に限られ、他の者は部屋住みの冷や飯喰《く》らいなどと称される居候扱いで、どこかへ養子に出るのが筋であった。

元堅のように五男坊ともなれば、その行き先もままならず、養子先も医家と決まったわけではなかった。

つまり、元堅は厄介者かもしれないが、その反面、家業に縛られることのない、気楽な身の上と言ってよかったのである。

しかし、それが変わったのは、父の元簡が急死した時からであった。

いつも血色良く、頑健さが自慢だった元簡が突然倒れたのは、五年前の冬、文化七（一八一〇）年十二月の寒い朝のこと。元堅は、元服したばかりの十六歳だった。

「父上がお呼びだ。早くお側に」

兄の元胤《もとつぐ》が、青ざめた顔で病室から出てくるなり、そう言って、元堅を急《せ》かした。

普段、冷静沈着な兄にしては珍しいことではあったのだが、それでもまだ、元堅は父が危篤状態にあるなどと思ってもいなかった。

「よい、か……そなた、長じたら分家を興し、本家を、元胤を助けてくれ……た、の、む」

父の途切れ途切れの弱々しい声を聞いた刹那《せつな》、元堅は、頭の中が真っ白になった。病状の重さに驚いたのと同時に、「頼む」という父の言葉にひどく動揺したせいであった。

その日その時まで、元堅は父が自分を頼りにしているなど、考えてみたこともなかった。丸くてぽっちゃりした童顔の元堅は、兄弟の中で一番父と顔立ちが似ていた。しかし、勉学の方は聡明《そうめい》な父と比べようもない。元堅は落ち着きがない上にどこか抜けていると、苦笑されることの方が多かったのだ。

それに引き替え、兄の元胤は、物静かな秀才肌であった。しかも顔は母の稀代《きよ》似で、役者にでもしたいような涼やかな目をした美男ときている。性格は、これは母親似ではないと断言できたが、優しく温厚な上に真面目で従順、まさに自慢される総領息子を絵に描いたような好人物で、元堅にはまぶしすぎる存在であった。

その兄上を見習えと言われるのならわかるが、まさか、「助けてくれ」などと、弱々しい声で頼まれるだなんて……。

「元堅、お答えを。早《はよ》う」

横にいた母の稀代からせっつかれて、元堅はようやく我に返った。

「か、かしこまりました」

そう答えた元堅を見て、父は肩で息を吐き、やっと安堵《あんど》したというように笑ってみせたのだった。

父元簡の遺言は、元堅にとっては意外なものだったかもしれないが、ある意味当然のことであった。元簡は五人の男の子に恵まれはしたが、上の二人は夭逝《ようせい》していて、三男の元胤が家督を継いでいる。それに元胤も生来身体が強い方ではない。末弟の元堅に、助けを頼んだのはそのためであった。

ただ、この遺言は、まだ元服を済ませたばかりの元堅にとって、かなり重いものであった。

とはいえ、元堅は元々、医師になるのが嫌だったわけではない。

物心つく頃から、家の中には漢方薬を煎《せん》じる独特の匂いがあったし、薬草をごりごりと曳《ひ》いて粉にする薬研《やげん》を勝手に使って、父の真似をして遊んだこともある。

診察室に貼られた五臓六腑《ごぞうろっぷ》図は少々気味悪く、治療にやってきた病人のうめき声は怖ろしくもあったが、病を治し、感謝されている父の姿は子供心にも、頼もしく、誇らしくもあった。さらに将軍家斉《いえなり》公のお匙《さじ》(主治医)を務め、古医学書の蒐集《しゅうしゅう》、復刻にも人一倍熱心――そんな父を元堅は尊敬もしていた。

だからこそ、その時は、一所懸命務めて、父の期待に添おうと思ったのである。

だが、やらなくてもよいと言われれば、やりたくなるのが人の常で、逆に言えば、やれと言われればやりたくないとなるのが、元堅の厄介な性格であった。

しかも、今、世の流行《はや》りは、蘭学・蘭方であった。

いつの時代であっても新しいものに飛びつくのが若者で、元堅もその例に漏れず、医師になるなら蘭方医という考えが頭から抜けない。

いや、別に蘭方を学ぶなと言われているわけではなかったが、「本道なんて、時代遅れだ」とさえ思っていた元堅にとって、まずは医学館で漢方を究めてから蘭学を学べばよいと言われるのが、まどろっこしくてならない。

当然勉学に身が入るわけもなく、五年の月日が流れた今になってなお、母の稀代からは「家の恥にならぬように」と口うるさく叱られてばかりいる始末だ。

父の遺言どおりに、分家を構える甲斐性《かいしょう》もない。それでいて、元堅は、「兄上さえいれば、多紀家は安泰でしょうに」と、愚痴ばかりこぼしているのである。

「さて、どうするかね」

元堅は、最後の一個になった豆大福を、しげしげと眺めた。

甘みにほんのひとつまみ塩を加える——ただそれだけのことなのに、なんでこんなにも旨《うま》くなるのか。これは偶然の発見だったのか、それとも必然だったのか。

いずれにせよ、誰もなしえなかったことを発見したとき、どれほどの喜びが湧き上がるのだろうか。人として、一度ぐらいはそういう経験をしてみたいものだ。

「明日になれば硬くなってしまうからな」

元堅は言い訳のように呟《つぶや》いた。

朝飯は食べていたが、飯は飯、大福は大福だ。

そう、自分勝手な理屈をつけて、最後の一つを頬張ったその時だった。

「元堅、入りますよ」

声と同時に、いきなり奥の襖《ふすま》が開いて、母の稀代が顔を出した。

「うっ、は、はい」

慌てて居ずまいを正し、口の中の豆大福を丸ごと飲み込もうとしたものだから、たまらない。元堅は喉《のど》の詰まりに盛大にむせながら、湯飲みへと手を伸ばした。

「もうぉ、この子は」

稀代はやれやれと呆《あき》れ顔で、元堅の背をトントンと叩《たた》いた。

「また大福でしょ」

違いますと言いたいところだが、口も手も着物も、餅《もち》取り粉で真っ白なのだから、隠しようもない。

元堅はお茶でようやく一息つくと、苦笑いを浮かべた。

「独り占めしようなどと、意地汚いことをするからこういうことになるんです」

稀代は情け容赦がない。

よく、「美人は怒っても美しい」と言うが、元堅は常々、「美人は怒ると凄《すご》みが出る」の間違いだと思っている。母の稀代は、若い頃は恋文の雨が降った、とは本人の弁なので眉唾《まゆつば》だが、五十路《いそじ》を過ぎてもなお、息子の目から見ても美人だと思う。

特にその瞳《ひとみ》は大きく、何もかも見透かしているようで、俗に言う「目力が強い」。

だからこそ、少し小言を言っただけで、怖さが増す。

「あ、はい、あの、母上の分も次は必ず……」

恐縮した体で謝る元堅に、稀代はにこりともせず、こう言い放った。

「また、心にもないことを。『嗜《す》ばとて同じ品のみ食すれば、偏気積もりて病《やまい》とはなる』。わかっていますか、元堅」

好きだからと言って、同じ物だけ食べるような偏食では病気になる——これは、元堅の祖父にあたる多紀家六代目元徳《もとのり》が作った狂歌である。

元徳もまた博学で知られ、家斉公のお匙まで務めた人物であった。

躋寿館が大火で焼失した際には、再建にあたり私財を投げ打つことを厭《いと》わず、後進の指導を行い、医師の心得ともいうべき『医家初訓』を始め数々の書物を著して、幕府認可の医学館へと導いた立役者であった。

なかなか気骨のあった人物らしく、江戸城奥医師の選考に対しては一切の妥協を許さず、袖《そで》の下で入ろうとした者を告発し、恨みを受けたこともあったという。

その一方で、元徳は狂歌好きとして知られ、

『養生はその身のほどを知るにあり　ほどを過すは皆不養生』

『不養生とおもいながらも不養生　なさば思わぬ人に劣らむ』

などと、このような歌を八十一首も詠み、「養生歌」として発表した。いわば、「養生歌」は多紀家の家訓と言ってよく、元堅も幼い頃から覚え込まされたのである。

　母上はまた、「養生歌」八十一首を頭から諳《そら》んじろと言う気だろうか――。

　元堅は思わず吐息を漏らしそうになったが、意外なことに、今日の稀代はあっさりと矛を収めた。

「さ、もういいから、さっさと、お着替えなさい。兄上がお呼びですよ。吉原《よしわら》に付いてきて欲しいそうです」

「え？　吉原に、私がですか！」

　声がひっくり返った元堅を、稀代が呆れ顔で睨《にら》んだ。

「これ、鼻、鼻の下」

「えっ」と、元堅は反射的に鼻と口を押さえた。

　すると、指摘した当の稀代が、くすっと笑うではないか。

「まさか、本当に伸びるわけがありますまい」

　こういう風にすまし顔で、人をからかうところが、母のお茶目さであり、意地の悪いところでもあるのだ。

「母上……」

元堅は少し不満げに稀代を見た。

もし仮に、元堅の鼻の下が多少伸びたとしても、それは仕方のない話である。吉原といえば居並ぶ美女は三千人とも謳《うた》われる江戸一の遊廓《ゆうかく》。ひとり身の元堅が、興味のない方がよほどおかしい。からかわれる筋合いではない。

とはいえ、今回は遊びのために行くのではなかった。

「臨床研究の一環」などと硬い言葉を連ねているが、ようするに、遊女に病気の者がいないか、今でいうところの検診をおこなうためであった。

稀代は、この子、本当に大丈夫かしらというような目で元堅を見ている。

「大丈夫です。しっかり務めますから」

元堅はお任せくださいと精一杯胸を張ってみせた。

二

多紀家は、浅草向柳原《あさくさむこうやなぎわら》（現在の浅草橋《あさくさばし》）の医学館の隣に屋敷を構えていた。そこから、浅草寺《せんそうじ》裏の吉原までは、およそ二十八町（約三キロメートル）になる。

大人の足なら、ゆるゆる歩いて、浅草寺にお詣《まい》りに寄ってから行っても半刻《とき》（一時間）もあれば着いてしまう。

だが、今日は吉原の大見世玉屋《たまや》から、駕籠《かご》が二挺《ちょう》、差し向けられていた。見世にとって、遊女は大事な商品。診て貰《もら》う医者にも礼を尽くすということなのであろう。

元胤と元堅を乗せた駕籠は、大川《おおかわ》沿いの土手、日本堤《にほんづつみ》へと差し掛かった。駕籠の簾《すだれ》をあげているので、大川がよく見える。川面《かわも》を渡る風が心地よく、何艘《そう》かの小舟が行き交っているのが見える。

土手の高さが十尺（約三メートル）、長さが八町（約八百七十メートル）ほどあることから、「土手八丁」とも呼ばれている。

かつてここに吉原が出来た頃は、うら寂しい田圃《たんぼ》の中の土手道だったようだが、今は両側に茶屋や土産物屋、屋台などが建ち並び、遊び心をくすぐる賑《にぎ》やかな通りになっているのだ。

少し行くと、「見返り柳」と呼ばれる大きな柳が見えてきた。心残りのある客が振り返るところから、その名がついたらしい。

その左手の下り坂が衣紋《えもん》坂。吉原大門へと続く五十間道《ごじゅっけんどう》の入口だ。

「おい、その辺りで止めてくれ」

先の駕籠に乗っていた兄の元胤が、駕籠かきに声をかけた。

大門に乗り付けるのは、気が引けるから、ここで下りるつもりなのだろう。

駕籠はちょうど客待ちの駕籠かきが溜《た》まり場にしている辺りで、止まった。

弟の目から見ても、元胤は慎み深く礼儀正しい。充分にいただいているからと遠慮する駕籠かきにも、そっと心付けを忘れない。

すっとした立ち姿も、惚《ほ》れ惚《ぼ》れするほどの男っぷりだ。

さっさと歩く元胤に遅れないように、元堅は薬箱を持ち、後に従った。

五十間道の名の通り、くの字の道を五十間（約九十メートル）ほど進むと、堂々とした屋根付き黒塗りの冠木門《かぶき》が見えてきた。これが吉原大門である。

吉原は、周囲をお歯黒《はぐろ》どぶと呼ばれる幅二間半（約四・五メートル）ほどの堀で囲まれていて、出入口は北側のこの大門一つしかない。

大門の右手には、四郎兵衛《しろべえ》会所と面番所《めんばん》があり、出入りの業者たちは必ずここに声をかけて入っていく。

「こりゃ、先生。お早いお着きで」

会所の前で、大見世玉屋の主人、玉屋山三郎《さんざぶろう》が待ち構えていた。

山三郎は粋筋の主人らしく、質のよさそうなお召をさらりと着こなしている。歳は四十を過ぎているのだろうが、しなやかな体つきで血色良く声の張りもあるから、若々しい。まさに男盛りという言葉がぴたりとはまる男である。

「駕籠のお手配ありがとうございました」

と、元胤は丁寧に山三郎に挨拶《あいさつ》をした。

「いえいえ、そのようなたいしたことではございませんから」

と、山三郎も如才なく応じる。

「これは弟の元堅です。本日の助手を務めます」

元胤に紹介されて、元堅は慌てて頭を下げた。

「たしか、末の弟さまでしたね」

初めて会うはずなのに、山三郎は元堅のことを知っているようだ。

「それはそれはご面倒をおかけします。さ、どうぞ、どうぞ」

山三郎は吉原全体の惣《そう》名主も務めている。そのせいか、目は優しげで腰も低いのに、なにかしら歳以上の苦みと凄《すご》みが感じられ、元堅は少し背筋を正した。

元堅が吉原遊廓に足を踏み入れたのは、実は今回が二度目であった。

前に一度、悪友たちに誘われるまま、大門をくぐったのである。

そのときは夜だったが、中央の大通り（仲《なか》の町《ちょう》）に並ぶ灯《あか》りはそれはもう眩《まぶ》しいほどで、女たちの嬌声《きょうせい》と音曲も賑やかで、普段、病人と医師見習いの者に囲まれて暮らしている元堅にとっては、まったくの別世界であった。

「おい、ここはどうだ」

「いいか、焦るとろくな女に当たらぬぞ」

「そうだ。もう少し見てからにしろ」

などと、元堅たちは遊女の名を記した『吉原細見』（廓《くるわ》の案内書）を手に、遊廓を冷やかして歩いた。

遊女に格があるように、楼閣にも格があり、外観ですぐわかるようになっている。大見世は天井まで全て格子が嵌《はま》った総籬《まがき》（大籬）という造り、中見世は一部素通しの部分がある半籬、小見世は格子が下半分。切見世に至っては格子はないという具合である。

せっかく来たからには女を抱く気満々であったが、部屋住みの身では、一晩で小判が飛んでいくような大見世には上がれない。

中央の大通りから離れれば離れるほどに、店の格も女の値段も下がっていく。

結局元堅たちは、吉原の外堀、お歯黒どぶに面した羅生門河岸《らしょうもんがし》と呼ばれる最下層の遊女屋の辺りに迷い込んだ。

間口が四尺半（約一・三六メートル）から六尺（約一・八メートル）、奥行二間半（約四・五メートル）から三間（約五・四五メートル）の小さな見世が五〜六軒、まるで長屋のように軒を連ねている。

この辺りは、一切りいくらのいわゆる切見世。料金は高くても二朱（今のお金で一万円ほど）、安いと百文（同じく二千円ほど）だから、職人や町人でも気軽に遊べる場所だ。女たちも澄まして客待ちをするというよりは、外に出てきて、声をかけてくる。

「お兄さん、あちきでどうかぇ」

「そうさなぁ」

「ねぇ、上がっていきなよ、ねぇ」

女たちは襦袢《じゅばん》に長着を引っかけただけのしどけない姿で、媚《こ》びるように笑いながら、手を引こうとする。女の嬌声と白粉《おしろい》の匂いが鼻をつく。

早々に気に入りの女を見つけて、上がっていく友を横目に、元堅はどうしていいものやらわからず、辺りをうろうろしていた。

「あら、可愛い。うちで遊んでいきなされ」

酷《ひど》い濁声《だみごえ》の女に、元堅はぐいっと腕を摑《つか》まれた。

白粉を塗りたくっていて歳はまったくわからない。

「ね、いいだろ。安くしとくからさ」

「ああ……う、うわあ！」

頷《うなず》きかけたものの、その女の二の腕に、特徴のある赤い発疹《ほっしん》を見た瞬間、元堅は思わず悲鳴を上げ、逃げ帰った。女は梅毒患者であった。

江戸時代、もっとも怖れられた病《やまい》の一つに、梅毒があった。

梅毒は性的接触により発生する感染症である。一説に、アメリカ大陸の風土病であった梅毒をコロンブスが新大陸の発見と共にヨーロッパに持ち帰ったとされる。

日本には鉄砲伝来よりも早く、一五一〇年代の戦国時代には感染患者がいた。

江戸時代に入ると、梅毒が性交渉によって感染するということは、広く知られるようになっていた。

身に覚えがあって、およそ二十日がすぎると、性器や口唇などの柔らかい組織にうっ血炎症した硬いしこりができる。これを医学的には、硬結と呼ぶがこの時点では痛みやかゆみはあまりない。

さらに、三ヶ月ほど経つと、皮膚に赤い発疹や膿疱《のうほう》が現れる。この発疹の色や形がヤマモモ（楊梅《ようばい》）に似ているので、中国の古名では梅毒を「楊梅瘡《そう》」と呼んだ。

これが潰《つぶ》れると、潜伏期に入る。

当時、梅毒に対する知識は乏しく、これで治ったものとされた。さらに、怖ろしいことに、一度、こういう状態になった遊女は、妊娠しにくい身体になるため、一人前と重宝され、客を取り続けた。

だが、梅毒が自然治癒することなどなく、三年ほど経つと、突然火を噴くように病状が悪化し、身体のあちこちに大きな潰瘍《かいよう》が出現してその部分の肉が落ちる。梅毒で鼻が落ちると言われるのはこのためである。

そうして、末期になると、脊髄《せきずい》や神経に毒が回り、激しい痛みを伴うし、脳に毒が回ってしまうと全身に麻痺《まひ》を伴い死に至ってしまうのであった。

元堅はこの一件に懲りてからというもの、吉原に足を踏み入れることができずにいた。

久々の、それも昼の吉原は、元堅には全く見知らぬ場所に思えた。陽の光に照らされて、客もいない吉原は、猥雑《わいざつ》さとは無縁で、どこか寂しげでもある。

仲の町からすぐ、江戸町《えどちょう》一丁目の角にくると赤く火焔《かえん》を染め抜いた大暖簾《のれん》が目に飛び込んできた。大見世玉屋だ。この大暖簾が俗に「火焔玉屋」と呼ばれる由縁であった。大暖簾の上を見れば、総籬の大見世の中でもさらに格の高さを誇るためか、二階建ての建物の屋根にまるで御殿のような破風がしつらえられてあるのだった。

ふいに、大暖簾の向こうから、若い男が一人、出てきた。

歳は元堅と似たり寄ったりの二十歳前後か。だが、姿格好は全く違う。

まず、すらっと背が高い。粋がっているのか、黒縮緬《ちりめん》の着物に市松の帯を締め、つまんだ着物の裾《すそ》からちらりと見えるのは、おそらく女物だろう、朱に麻の葉を染め抜いた襦袢という念の入りようだ。

こんな時刻まで居残っていた客だろうか——。

元堅が顔をしかめたのと、山三郎が男に声をかけたのが同時であった。

「颯太《そうた》っ、どこへ行くんだ」

颯太と呼ばれた男は、チッと小さく舌打ちをした。

「野暮用」

と、投げやりに応じて顔をこちらに向けようともしない。

寝不足なのか、顔色が悪い。声も気怠《けだる》そうだ。だが、目鼻立ちの整った顔をしていて、まだ頰の辺りに甘さが残っているが、格好といい、ちょっとひねた物言いといい、小憎らしいほどに決まっている。

「先生方に、ちゃんとご挨拶《あいさつ》しねぇか」

山三郎が諭すように言うと、颯太は仕方ないというふうに、改めて元胤たちに向き直り、頭を下げた。ちょいと斜《はす》に構えた仕草も、まるで色悪《いろあく》の役者みたいだ。

「久しぶりだな」

と、元胤が颯太に笑いかけた。どうやら知り人らしい。

「先生もお変わりなく。そいじゃ急ぎますんで、ごめんなすって」

これで充分だろうというように、颯太はちらりと山三郎に目をやると、止める間もなく、あっという間に走り去ってしまった。

「おい、こら……あいすみません。礼儀知らずな奴で」

山三郎は申しわけなさそうに謝ったが、元胤は構わないと笑っている。

「誰です？」

と、元堅は尋ねた。

「颯太といいまして、うちの総領なんですが、母親が早くに死んじまったせいか、どうにも手がつけられなくて困ります」

山三郎はふーっと大きくため息をついた。

ということは、どうやら、あの颯太という若者は、玉屋の跡継ぎということか。

「仕方ないですよ。そういう年頃なんですよ」

と、元胤が山三郎を慰めた。

「こいつだって、似たようなもんですよ」

「えっ、私ですか」

引き合いに出されて、元堅は憤慨した。あんな男と一緒にされてはかなわない。

なのに、元胤と山三郎は「そうですかねぇ」「ええ」などと笑い合いながら、暖簾をくぐっていく。仕方なく、元堅も後に続いた。

「みなちょうど、風呂《ふろ》を済ませたばかりでございます」

山三郎はそう言いながら、元胤と元堅を奥へといざなった。

吉原は夜だけの商売ではない。

夜明けに、泊まり客を送り出した後、二度寝をした遊女たちは、昼四つ（午前十時ごろ）には起き出す。正午には大門が開いて、昼見世が始まる。今はその前のつかの間、風呂に入ったり食事を摂《と》ったりという、支度時間であった。

玉屋は大きなコの字形のしつらえで、広い上がりかまちの正面からは中庭が臨めた。その左手には大きな階段。奥には大広間へと通じる廊下。右手は帳場だ。

「花魁《おいらん》は部屋で待たせております。他の者は広間でご診察をお願いしようかと」

「わかりました」

元胤に続いて、草履を脱いだ途端、帳場の奥から何やら旨《うま》そうな匂いがしてきた。

「くぅ〜〜」

あっと思った時には止めようがなかった。元堅の腹は旨い匂いには忠実なのだ。

しまったと顔を赤くした元堅に対して、

「よかったら、ご一緒にいかがですか」

と、山三郎が微笑んだ。

どうやら、台所では遊女たちが遅い朝食を摂っているようだ。

「えっ、しかし……」

兄が怒ると思い、遠慮しようとした元堅であったが、不思議なことに元胤は、

「私は今、食欲がないが、お前だけでもそうさせてもらいなさい」

と言うではないか。

「本当によろしいのですか」

恐る恐る伺いを立てた元堅に向かって、元胤は柔らかく頷いてみせた。

「普段、どういうものを食しているかを知るのも診察の一つだからな」

台所に入ると、乱雑に足を崩して、食事をかき込んでいる遊女たちがいた。中には元堅の後から入ってきた美男の元胤に目敏《めざと》く気づき、慌てて居ずまいを正す者もいる。その中で、

「は〜い！　あ、違う違う、玉華《たまはな》さんのだよ、それは」

「え〜、じゃ、あちきのは」

「玉夢《たまゆめ》さんのは、ほら、こっちだよ」

と、年の頃は十五か六か、桃割れに結った髪がよく似合う愛らしい娘が大きな声を出しながら、遊女たちの間を縫うようにして、配膳《はいぜん》をしている姿が目を惹《ひ》いた。

「佐保でございます。私の娘で」

山三郎はそう言うと、佐保に声をかけた。

「佐保、こちらにも椀《わん》を」

「はい！　少しお待ちを」

佐保は快活に返事をした。愛嬌《あいきょう》のある笑顔だ。それに、黒目がちの大きい丸い目と薄紅色の健康そうな肌をしている。

黄八丈に襷掛《たすきが》けをして、きびきびと給仕して廻《まわ》っている姿も小気味よい。

楼閣主の娘ということは、さっきの、颯太という男の妹というわけか。

それにしては、なぜ下働きのように働きまわっているんだろう――。

元堅には解せなかったが、雑炊には手が伸びた。

旨そうな湯気が食欲をそそる。

一口啜《すす》った元堅は、「おお」と言ったきり、声を呑《の》んだ。

口を開けるのが勿体《もったい》ない。何の出汁《だし》なのかはわからないが、口の中がふくよかで優しい旨みでいっぱいになっている。生姜《しょうが》でも入っているのか、身体はホカホカとして、それでいて、心までほっこりとする味なのだ。

「ほう、蓮《はす》の実と百合根が入っているのか」

と、横から椀の中を覗《のぞ》き込んだ元胤が感心した声をあげると、佐保は「はい」と頷《うなず》いてから、元胤の顔をしげしげと見つめた。

「ん？　何か顔についているかい」

佐保は、返事の代わりに生真面目な顔で首を振り、

「あんたじゃない。これはこっちの先生が食べなきゃ」

と、いきなり、元堅から椀を取り上げた。

「いいの。だって、あんた食べ過ぎだもん。それより、これはこっちの先生に食べてもらわなきゃ」

「おい！」

「可愛い顔をしているくせに言葉遣いや動作の荒い娘だ。年下の佐保からあんた呼ばわりされたあげく、食べ過ぎだとまで指摘され、元堅は唖然《あぜん》となった。

だが、佐保は全く構わず、元胤に強引に椀を持たせた。

「先生が食べて」

「私はいいよ」

「ううん、一口でも食べて」

これまた強引に、佐保は言い、元胤は苦笑いを浮かべつつ、箸《はし》を取った。

佐保はクリクリした大きな目を見開いて、元胤が食べるのを見ている。

「……うむ、良い味だ」

元胤が一口食べたのを見て、佐保はよかったと満足げに頷くと、他の配膳へと戻っていった。

「悪気はないのです。許してやってくださいまし」

山三郎が佐保の代わりに謝ってきた。

「あの娘《こ》は人に足りぬものを食べさせたいのです」

「足りぬもの？」

と、元堅が不思議そうに問い返すと、山三郎は頷き、こう続けた。

「ええ。人により、足りぬものがわかるらしくて」

「ほう、足りぬものがな」

と、今度は元胤が感心したような声を出した。

「さしずめ、あの娘は私が寝不足なのに気付いたらしい」

「そうなんですか」

と、元堅は兄を見た。

「……昨夜、書き物に精を出しすぎてな」

言われてみれば、普段よりも元胤の目は腫《は》れぼったく眠そうに思える。

「蓮も百合根も気を落ち着かせる働きがある。これを食べてよく寝てくれということだろう」

元胤の呟《つぶや》きを聞いて、山三郎が「なるほど」と頷いた。

「椀に蓮と百合根を入れるのは、佐保の得意料理でございましてね。うちの妓《こ》たちはみな、寝不足になりがちですから……、なるほど、そういうことか」

「ええ、それにどちらも滋養にいい。疲れが出やすい人にはぴったりです」

「こりゃ、先生のお墨付きをいただいた。ではこの椀を玉屋自慢といたしましょう」

と、山三郎は自慢げに佐保に目をやった。

遊女たちも佐保を頼りにしているのか、口々に、

「ねぇ、佐保ちゃん、腰が冷えてならないんだよ。どうしたらいいかね」

「ああ、私もここんとこ、足の先が冷たくて……ほら」

などと自分の不調を訴えている。

「ちょっと待って。はいこれ」

と、佐保は彼女らに、たっぷりの葱《ねぎ》と針生姜を盛った椀を差し出した。

風邪気味で寒気がするという遊女には葛湯《くずゆ》をという具合だ。

「ほうぉ、不思議な娘だなぁ」

と、元胤は佐保に優しい眼差《まなざ》しを送った。

葱と生姜が冷えを取り、葛湯が風邪の引き初めによいことぐらいは、元堅であってもわかる。

「あれぐらいは私でも」

と、元堅は小声で呟いた。

「ん？　何か言ったか」

「いえ、何も」

元堅は神妙な顔で首を振ってみせた。


女たちの食事が終わり、広間で診察が始まった。

元胤が先に玉紫花魁《たまむらさきおいらん》の診察をしに、二階に上がってしまったので、残された元堅がひとまず女たちを診ることになった。

遊女たちはみな若く、十四、五から二十六、七歳の女が殆《ほとん》どだ。

中には、遣《や》り手と呼ばれる五十過ぎの女もいるが、襦袢《じゅばん》一つのあられもない姿で、女たちがずらりと並んださまは壮観で、元堅は一瞬、目のやり場に困った。

「先生、ほら、さっさと診てくんなまし」

「す、すまん」

元堅はコホンと一つ咳払《せきばら》いをし、真面目くさった顔つきになってから、女に向かって、具合の悪いところはないかと問診《もんしん》を始めた。

多紀家が専門とする本道（漢方内科）では、問診、望診《ぼうしん》（体型や、舌など外見を観察する)、聞診《ぶんしん》(声の調子や体臭、口臭を確認する)、切診《せっしん》(腹診と脈診を中心に直接身体に触れる)が重要視される。

この四つの診察(四診《ししん》)を元に、医師は、患者の状態を把握し、証《しょう》を立てるが、証は一つの病名ではない。

その人の体質も含めて総合的に導き出されるものであり、証が立つということは、その人の根本的な身体の異常がどうやって現れたかを把握するということだった。

「じゃ、舌を出してみてくれ。いや、違う。もっと、大きく口を開けるんだ」

元堅は、小さく、ペッと舌先を出しただけの女に無理矢理口をあけさせた。

舌の色や形、舌苔《ぜったい》、口の臭いなども、証を立てるためには必要な情報であった。

舌の色は薄紅白がよいとされ、白すぎたり青紫色になっている者は冷えがあり、周りに歯形がつくほどにぶよぶよしていると、身体に余分な水分が溜《た》まっている。体内に炎症があれば舌苔は黄色っぽくなるし、胃腸に何か障りがあって消化不良を起こしていれば、食べ物が発酵しているような口臭があるという具合である。

遊廓《ゆうかく》の女たちは、朝風呂《あさぶろ》に入るのが常だし、今日は医師に診せるとあって、みな念入りに身体を磨いてきたようで、不潔な感じは一切ない。白粉《おしろい》もまだ塗る前だし、化粧の匂いがするわけでもないのに、数人診ただけで、元堅は頭がクラクラとしてきた。

こんなに大勢の女に囲まれるのが初めてだからだろうか。

女の肌からは、なんともいえず魅惑的な甘い薫りが漂ってくるのだ。

「ひっ、ひっ」

しゃっくりが出そうになり、元堅は必死になって我慢し堪《こら》えた。

息を押し殺し、なんとか出さすに済んだと思ったのもつかの間、まるでそれが合図のように、体のあちこちが、痒《かゆ》くて痒くてたまらなくなってきたではないか。

ぼりぼりと身体を掻《か》いていると、遊女の一人がおかしくてならないようで、声を押し殺して笑い始めた。

箸が転んでも可笑《おか》しいと言われる、若い女たちのことだ。一人が笑い始めると、それを見て、我慢していた他の女たちもくすくすと笑い出すという具合で、あっという間に笑いは伝染していき、元堅は女たちの笑い声に包まれてしまった。

焦れば焦るほどに、痒みは止まらない。

すると、皆からお梶《かじ》さんと呼ばれている年増の遣り手が、呆《あき》れ顔で笑いながら、

「先生、しっかりしてくださいな。鼻血ってならまだわかるけど、痒い痒いって、

まさか、蚤《のみ》でも飼ってるんじゃありせんよね」

「ヤダ、蚤？」

と、遊女たちが大仰に顔をしかめる。

「違う！　蚤など飼ってはおらぬ！」

元堅は必死に頭を振った。

そこへ、玉夢と呼ばれていた遊女が、

「じゃぁさ、先生、あちきと一緒に風呂にでも入りんすか」

と茶化して、ますます笑い声が大きくなった。

元堅にとって、若い女たちに囲まれて笑われるなど、初めてのことだ。もうたまったものではない。恥ずかしさのあまり、顔が赤くなるのが自分でもわかった。血が上ったから、痒みがまた酷《ひど》くなる。

「えっと、ええっと、ちょっと待てよ。痒み、痒みに効くのは……たしか」

元堅は焦りながら、上腕の外側にあるツボ（脇の下の高さの線と肩の一番尖《とが》った骨から垂直に下ろした線が交叉《こうさ》するあたり）を指で押さえた。

これはその名も「治痒穴《ちようけつ》」と呼ばれる痒みに効く特効穴である。だが、だからと言って、そうそうすぐに効くわけではない。

「はい、これ」

と、横から、佐保が何やら黒っぽい汁が入った椀《わん》を差し出した。

「何だ？」

「いいから、飲んで」

佐保は強引に飲ませようとする。

「いい、構うな」

「痒いのを止めたいんでしょ。だったら早く」

「若《わか》先生、ほら、飲んだ方がいいって」

と、お梶も一緒になって飲めと言う。

「毒でも飲まされるって、怖がってるじゃありんせんか」

と、また別の遊女が茶化す。

「違う、違う」

元堅がやっきになって否定しているところに、玉紫花魁の診察を終えた元胤が戻ってきた。

「どうした、何かあったか」

「若先生ったら、身体が痒いとお言いで」

と、一緒に風呂に入ろうと茶化した玉夢が面白がって答える。

「なんだ。蚤でも飼ってるのではあるまいな」

元胤までがそんなことを言う。

「いえ、そうじゃありませんて！」

元堅は慌てて首を振ると、佐保から渡された椀をひと思いにぐいっとあおった。

「ぐっ……」

飲んだことのない妙な味がする。しかも、がりっと口に硬いものが当たった。

「ん？　何だ、これは」

元堅は、顔をしかめつつ、口の中の異物を舌先で転がしつつ、佐保に問うた。

するると佐保は澄ました顔でこう答えた。

「蟬の抜け殻」

「う、うわっ」

元堅は思わず、口の中のものをぶっと吐き出した。

「お、お前、な、何を私に！」

佐保を怒鳴りつけようとした元堅の肩を、元胤が押さえた。

「元堅、まさか、お前、蟬退《せんたい》を知らぬわけではあるまい」

「せ、せんたい……あ、ああ、はい」

漢方では、蟬の抜け殻のことを蟬退と呼び、薬としても用いる。消炎作用があり、蕁麻疹《じんましん》などに効くとされているのだった。

「し、知ってますとも」

むろん、名前を知ってはいる。知ってはいるが、元堅は薬研《やげん》で曳《ひ》いて粉末になっているものしか目にしたことがなかったのである。

「よきものを飲ませてもらったな」

と、元胤は微笑んでいる。

仕方なく、元堅は情けない顔で頷《うなず》いた。

「礼を言わねばなるまい。もう痒みが治まってきたのではないか」

まさかそれほど即効性があるわけではないだろう。がしかし、気付けば、元胤が言う通り、あれだけ痒かったのが嘘のように治まっていたのであった。

「この馬鹿者めが。勉学を舐《な》めている証拠だ」

診察を済ませて元胤とともに医学館に戻った元堅に、そう言って小言を食らわせたのは、立花瑞峰《たちばなずいほう》であった。

瑞峰は八十近い老医師。元は周防岩国《すおういわくに》の人で、立花家もまた代々の医家であった。彼の曾祖父《そうそふ》は明《みん》から渡来してきた医師から痘瘡《とうそう》（天然痘・疱瘡《ほうそう》ともいう）の治療を学び後世に伝えた。瑞峰も痘瘡治療にかけては第一人者となり、幕府医官を経て、医学館に「痘科」が出来てからは教授を務めていた。

「ですから、蟬退くらい知ってましたって」

と、元堅は不服そうに口をへの字にした。

瑞峰が医学館に来たのは、元堅がまだ四歳になるやならずの頃のことで、元堅にとっては、祖父か父のような存在であった。瑞峰もまた、出来の悪い元堅のことが可愛いらしく、遠慮がない。

「なぜ素直に謝れぬ。馬鹿者めが」

「馬鹿、馬鹿言わないでくださいよ。もうぉ」

元堅はむくれ顔になったが、瑞峰はそれを無視して、元胤に向き直った。

「それにしても、その娘、物知りだな」

「はい。私が寝不足なのもひと目で見抜いたようでした。遊女たちの訴えに応じて、料理を出すさまも確かなもので」

元胤は、佐保のことをそう言って褒めた。

「ほぉ、この大馬鹿者よりよほど優れた医師になれそうだな。ん？　ちょっと待てよ。その娘、佐保と言ったか」

どうやら瑞峰は佐保の名に覚えがあるらしい。

「ええ。何かご存じで」

元胤に問われ、瑞峰は遠い記憶を辿《たど》るような顔つきになった。

「うむ。え〜っと、あれはたしか十年ほど前の……おお、思い出した。あれは丙寅《ひのえとら》の大火の時だ」

丙寅の大火とは、文化三（一八〇六）年三月四日に起きた大火のことだ。

この火事は、江戸城天守閣が燃え落ちた明暦《めいれき》三（一六五七）年の大火（振袖《ふりそで》火事）、目黒《めぐろ》から出火して日本橋までを焼き尽くした明和九（一七七二）年目黒行人《めぐろぎょうにんざか》坂大火と並んで、江戸三大大火と呼ばれる。

火元は芝《しば》・車町《くるまちょう》の材木座辺り。火は増上寺《ぞうじょうじ》の五重塔を燃やした後、西南の強風に煽《あお》られて、木挽《こびき》町、数寄屋《すきや》橋へと飛び火し、京橋《きょうばし》や日本橋の殆《ほとん》どを燃やし尽くし、神田《かんだ》、浅草にまで燃え広がった。焼失した家屋は十二万六千戸、死者は一千二百人を超えたと言われている。

「あれは大変な火事でしたね」

と、元胤が言い、元堅も頷いた。

あの時は神田佐久間町《さくまちょう》にあった医学館も全焼してしまい、秋に下谷《したや》新橋《しんばし》（浅草向柳原）に再建するまでの間、不自由を余儀なくされた。それだけではない。家を焼かれ、火傷《やけど》や怪我を負った人たちが、救いを求めて、医学館の焼け跡にまで押し寄せたのだ。当時、元堅はまだ十二歳になったばかりだったが、父や兄、他の医師を手伝ったことをよく覚えていた。

「そうよ、大変な火事であった」

と、瑞峰は頷き、思い出話を続けた。

「あのおり、玉屋の山三郎が、幼い娘を一人助けたが、様子がおかしいから来て欲しいと言ってきてな」

玉屋山三郎は火事の後、廓《くるわ》にふらふらと入ってきた佐保を保護したのであった。

「その子は佐保と名乗りはしたが、後のことは何も、親の名も商売もどこの生まれかも覚えていなかったのだ」

「忘れたということですか？」

元堅が問うと、瑞峰は頷いた。

「よほど、怖ろしい目にでも遭ったのか。あの子はまだ、六つか七つ……それぐらいであったかなぁ」

瑞峰は感慨深そうだ。

「親が見つかればよし、もし思い出せず、親が名乗りにも来ない場合は、養女にして仕込んで、いずれは見世に出してもよい、などと言っていたが、そうか、親は見つからなかったということか」

ああ、だからかと元堅は思った。山三郎は佐保を娘だと言っていたが、台所で給仕をさせているのが不思議だったのである。

「もうそろそろ、見世出しするのではあるまいか」

と、瑞峰が呟《つぶや》いた。吉原では十六歳で見世に出るのが普通だ。

だが、それを聞いて、元堅は微妙な思いに駆られた。

あのお転婆娘が親と生き別れたまま、遊女になるのか……。

「おい、どうかしたか」

瑞峰が元堅を見やった。

「いえ、少し不憫《ふびん》に思えまして」

と、元堅は神妙な顔で答えた。

「ほうぉ、お前でも人を思いやることがあるのか」

なんともひどい言いぐさである。それを聞いた元胤は庇《かば》うどころか、可笑《おか》しそうに微笑んでいる。

「ありますとも」

元堅はむっとなって言い返した。

「わかった、わかった。悪かった。そのような顔をするな」

瑞峰はなだめるようなことを言いながら、からかい笑いを続けるのであった。

三

「佐保さん、佐保さん……おいででありんすか」

玉紫花魁《おいらん》付きの禿《かむろ》、ミツが、慌てた声で、台所にいる佐保を呼びに来た。ミツは聡明《そうめい》な子だが、まだ八歳になったばかりだ。

「花魁がどうかなすったの?」

不安そうなミツを見て、佐保は、今朝方、玉紫の食欲がなかったことを思い出し、二階奥の玉紫の部屋へと急いだ。

部屋に入ると、玉紫は辛《つら》そうに、脇息《きょうそく》にもたれかかっていた。高く結い上げた髪も簪《かんざし》もいかにも重そうである。

「花魁」

そっと佐保は声をかけた。

「ああ、佐保ちゃん」

振り返った玉紫の顔は、青白い。

「なんだか力が入らなくて」

と、話す声も弱々しい。

「この前、先生からいただいたお薬はお飲みになったのですか」

玉紫は、医学館の元胤から薬を貰《もら》っていたはずであった。

「薬は嫌いでありんす」

佐保は溜息《ためいき》をつき、後ろに控えているミツを見た。

「おミッちゃん、花魁がそう仰《おっしゃ》っても、無理にでもお勧めしなくちゃ、だめだよ」

「あいすみません」

「おミツを責めないでやって。私が要らぬと言ったのだから」

玉紫はミツを庇った。

「すぐに煎《せん》じて参ります」

ミツは、引き出しから薬包を取り出すと、出て行った。

佐保はもう一度、玉紫の顔をじっと見た。

玉紫は、日頃から雪のような白い肌が自慢なのだが、佐保の目には、白いのを通り越して、透き徹《とお》っているようにも思える。

血の気が足りてない。こういうときは血を連想させるような赤いもの、それに黒いものを食べさせるに限るのだ。

何か、赤くて黒いもの……赤くて黒い……。

「あ、あった！」

佐保が突然、大きな声を出したので、玉紫は驚いた顔になった。

「どうかしたのかえ」

「いえ、花魁、少し待っていてくださいね！」

佐保はそう言うと、玉紫の部屋を飛び出した。

赤くて黒いもの。このとき、佐保が思いついたのは、鰹《かつお》であった。

「たしか、昨夜の残りが」

一直線に台所に戻った佐保は、戸棚から、昨夜、客へ出した鰹の残りを取り出した。アラの部分をあとで料理するつもりで、醤油《しょうゆ》と酒に漬けておいたのだ。

「さてと……」

玉紫は食が細く、特に生ぐさものが嫌いときている。

鰹もこのままでは食べてくれない。どう調理すると一番食べやすくなるものか。

台所を見渡すと、笊《ざる》の中の小松菜が目に付いた。

小松菜は青菜の乏しい冬場に穫《と》れ、正月の雑煮にも欠かせない野菜の一つ。あくも少なく、どんなものにも合わせやすく食べやすい青菜である。

小松菜と呼ばれるようになったのは、八代将軍吉宗《よしむね》公が葛飾《かっしか》の西小松川《にしこまつがわ》村で鷹狩《たかが》りをした際、饗応《きょうおう》された餅《もち》のすまし汁にあしらわれていたのを気に入り、場所の名を取り、名付けたことによる。八代様贔屓《ひいき》の江戸っ子には人気の野菜だ。

「そうそう、キクラゲもあったはず」

佐保は、鰹とキクラゲ、小松菜を使って煮付けることにした。

煮汁は、醤油と酒に少し甘めにたっぷりめの味醂《みりん》を加えて甘辛くする。それに、生臭さを消すための生姜《しょうが》を加え、鰹とキクラゲが煮立ち火が通ったところで、小松菜をさっと入れて火を止める。

盛りつける時に、山椒《さんしょう》の葉と煎《い》った黒胡麻《くろごま》もふりかけた。

爽《さわ》やかな山椒の香りは魚の臭みを消すし、香ばしい胡麻《ごま》は食欲を誘うはずだ。

「できた」

満足げに頷《うなず》くと、佐保は玉紫の元へ料理を運んだ。

「……ああ、おいしかった」

うれしいことに、玉紫は料理を全て平らげてくれた。

心なしか、顔色もよくなっているように見えて、佐保はよけいにうれしくなった。

「よかった」

笑った佐保を見て、玉紫もにっこりと微笑み返した。

「ありがとう。佐保ちゃんが作ってくれたものをいただくと、ほっとする」

そう言ってから、玉紫は佐保を見つめて、少し悲しげな目つきになった。

「何か？」

すると、玉紫は小さく首を振ってから、呟くように答えた。

「もうじきでありんすな。佐保ちゃんにはこのままでいて欲しいけれど」

玉紫から言われなくても、あと少しで振袖新造《ふりそで》として見世に出なくてはいけないことを佐保は覚悟していた。お転婆な物言いもそろそろ、廓《くるわ》の女らしく直す必要がある。佐保は神妙に、きっちりと手をついた。

「あい。花魁、もうじきでありんす。その折は妹分としてよろしゅうお引き立てお願いいたします」

「そりゃもちろん」

玉紫はすぐに笑みを返してくれたが、次の瞬間、ふっと吐息を漏らした。

「……ほんに似合わぬこと」


その夜のことだった。

今はまだ下働きの身である佐保は、朝早くから仕事をするために、早めに床につくのを許されていたが、なかなか寝付けずにいた。

昼間、玉紫花魁とあんな話をしたせいだろうか。

今年中には、振袖新造として見世に出なければならない——。

そのことが頭の中でぐるぐると廻《まわ》る。

廓で育てて貰った以上、それはもうどうにもならない、決められた道なのだ。

二階からは、華やかな笑い声や時に泣き声、男と女が睦《むつ》み合う声、せわしなく廊下を行き交う足音が聞こえてくる。

目を閉じていると、二階の賑《にぎ》やかさが遠くの喧噪《けんそう》に思える。喧噪はやがて、あの日の記憶に繫《つな》がった。

真っ赤に燃え上がる空の下で、大勢の人が、逃げ惑っていた。

キラキラと雲母《うんも》のような火の粉が爆《は》ぜ、舞う。

花火みたい……。

すぐそこに、熱い炎が迫っているのに、なぜ暢気《のんき》にそんなことを思ったのか、わからない。どうして、一人、ぼんやりと空を見上げていたのかもわからない。

「佐保ぉー、佐保ぉー」

誰かが呼んでいる声がする。

どこ？　どこにいるの。

右なのか、左なのか。それとも前からなのか、後ろからなのか、女の声か男のか、それすらもわからない。激しく行き交う人の波、ジャンジャンと鳴り響く半鐘の音、泣き叫ぶ声、誰かの怒号、大きく何かが崩れ落ちる音……、全てが混じり合い、せめぎ合い、佐保の小さな身体を押しつぶそうとした。

「ここだよぉー」

声を出そうにも、口を開いた途端に、風が熱い固まりとなって、喉《のど》の奥へと押し寄せてくる。顔や手、至るところがひりひりと痛い。煙が目にしみて涙が出てくる。髪が焦げる嫌な臭いもする。臭くて息が出来ない。逃げたくても足が動かない。

その時、巨大な竜のような火柱が、佐保に襲いかかってきた。

「ひぃ……いやぁ！」

自分で自分の声に驚いて、佐保は目を覚ました。

幼い頃、火事に遭った記憶は時折、こうして夢となって現れる。

「夢に火事が出るのは大吉。大きなお金が入る前触れ。吉兆だよ、吉兆」

とは、遣《や》り手のお梶さんの口癖だが、佐保にとっては怖ろしさでしかない。

どうせなら、父や母の夢を見たい。

父や母の夢はいつも決まっている。数え歌を口ずさみながら、台所仕事をしている母と、幼い佐保に笑いかける父の大きな手。陽だまりにいるような、ふわふわと幸せで優しい……。

だが、それもまた、佐保にとっては悲しくて辛《つら》い夢だ。起きた時に必ず枕が濡《ぬ》れている。なぜなら、夢の中の、父の顔も母の顔も朧《おぼろ》でしかないからだ。

「はぁ……」

一つため息をつくと、佐保はそっと寝床を抜け出した。

起きるにはまだ少し早いが、喉が渇いていた。

廓の中は静かになっていたが、それでも大勢の人がいる気配が薄れることはない。寝息や寝言、寝返りを打つ音……。

そろそろ日の出だろうか。外は段々に明るさを増していく。じき、泊まり客が帰る、明け六つ（午前六時頃）になる。

が、それまでのほんのつかの間、寝静まった廊下を歩くのは佐保一人だ。

そんな、彼誰時《かわたれどき》の廓が佐保は好きであった。


台所に行くと、先客がいた。

上がりかまちに座り込んでいて、佐保からは背しか見えなかったが、それが誰かはすぐにわかった。

「また、朝帰りね」

「なんでぇ、佐保か、脅かすない」

振り返ったのは、颯太であった。青白くむくんだような顔をしている。

目の下にも隈《くま》が出ていた。

「颯ちゃん、なんて顔してんの。ちゃんとご飯食べてる？」

「その呼び方やめろ」

「だって。わっ酒臭い」

「飯なら食ってる」

どうやら颯太は座り込んで、飯桶《おけ》の残りご飯を食べていたようだ。口元についたご飯粒がその証拠だ。佐保がくすっと笑って、そのご飯粒を取ろうと手を伸ばすと、颯太は慌てて口元を拭《ぬぐ》った。

「おかずは？　何か作ろうか？」

「要らねぇよ」

「だったら、せめて香のものぐらい」

と、佐保はぬか漬けを仕込んでいる甕《かめ》に手を伸ばした。

「もう寝る」

颯太は拒絶し、苛々《いらいら》とした様子で立ち上がった。が、途端にめまいでも起こしたのか、少しふらついた。

「颯ちゃん、大丈夫？」

佐保は慌てて手を貸そうとしたが、颯太は邪険に払いのけた。

「江戸っ子がそんなもん、ちまちま食ってられるかよ。白まんまさえありゃ、それでいいんだよ」

「そんなの駄目だって、ほら」

「うっせいよ」

佐保がいくら言っても、颯太は言うことを聞いてくれない。廓《くるわ》の中で唯一、佐保の手料理に見向きもしない相手である。

「おっかさん気取りは止めろって。おめぇの作ったもんなんか口に合うか！」

とうとう、颯太は佐保を凄《すご》むように睨《にら》み付けた。

思わず、佐保は身がすくみ、それ以上何も言えなくなった。

颯太は横を向き、ちっと舌を鳴らすと、奥の自室へ向かって、走り去ってしまったのである。

颯太はこの廓の主《あるじ》、玉屋山三郎の長男、つまり跡取りである。

佐保が七歳でここに世話になるようになったとき、颯太は八歳であった。

佐保がやってきた頃、颯太は産みの母親を亡くしたばかりで深い悲しみを漂わせていた。孤児となった佐保とは、相通じるものがあったのだ。吉原という特殊な場で、二人は兄妹《きょうだい》同様に育った。

母を亡くして元気がなかった颯太は、佐保といるうちに、元来の調子を取り戻した。それは佐保も同じであった。

二人はよく一緒に、廓の木に登ったり、大事な茶道具にいたずらをしたりした。山三郎に「飯抜きだ」と叱られて、納戸に押し込められるのも一緒だった。

やがて、花魁《おいらん》修業をするようになった佐保と、跡取り息子の颯太とが一緒にいることは減ったが、二人は常に「颯ちゃん」「佐保ちゃん」と呼び合って、じゃれ合う仔犬《こいぬ》のように仲が良かったのだ。

それが変わったのは、三年ぐらい前からだろうか。

颯太が佐保の背を追い越して、ぐんぐんと大きくなった。声もがらがらの酒やけをしたような擦《かす》れ声をしていたと思ったら、急に低くなった。

佐保もその頃から、月のものが来るようになり、胸がふくらみ腰にも丸みが増した。二人とも、子供から大人へと身体が変わっていったのだ。

そして、ある日突然、それがどういうきっかけだったのか、佐保には全くわからないのだが、颯太は急に佐保のことを無視するようになった。

それどころか、時折、侮蔑《ぶべつ》するような眼差《まなざ》しを向けてくるようにもなった。

他の遊女たちとは話をしても、佐保が近づくと逃げるように去ってしまう。

佐保はそれが悲しくてならず、以前同様に何かと話しかけるのだが、颯太は今のように不機嫌そうに振る舞うばかりであった。


一方、自室に戻った颯太は、ごろりと寝転がり、大きくため息をついていた。

胸の奥がちくっと痛む。喉《のど》の奥に何かが詰まっているようなそんな息苦しさも感じてくる。

畜生、あいつ、なんであんな寂しそうな目をするんだ――。

正直、颯太は佐保にどう接していいものやら、わからなくなっていた。

「どうせ、俺は亡八もんだ」

投げやりに颯太はそう呟《つぶや》いてみた。亡八もん――颯太にこの言葉を教えたのは、古くから廓にいる番頭格の男衆、清蔵《せいぞう》であった。

それは、颯太が声変わりをして、どんどんと体つきが変わっていこうとしたある日のことだった。

「おやっさんから色々と教えておくようにと頼まれまして」

清蔵はそう断って、颯太を呼び出した。

「亡八という言葉を知ってやすか」

「ああ」と、颯太は軽く頷《うなず》いた。

「お前らよく、『俺たちは亡八もんだ』って言うじゃないか」

颯太にはその言葉が自慢げに聞こえていた。男衆たちは片肌を脱ぎ、互いに入れ墨を見せ合ったりして、「亡八もん」を口にする。

「じゃ、亡八がどういうことかもご存じで」

清蔵はそうじゃないのだと言いたげに、問いかけて来た。

「どういうって……」

颯太は答えに詰まった。正直、亡八という言葉の意味までは知っていなかった。

「いいですかい」

と、清蔵は優しく諭すように言った。

「亡八ってのは、人として大切な八つの徳がねぇ奴です。人として大切な八つの徳ってぇのは仁義礼智忠信孝悌《てい》のことで、一度位は聞いたことがおありでしょ」

仁義礼智忠信孝悌——儒学の教えから発した言葉で、仁は人に対する思いやり、義は正しいことをなそうとする心、礼は習わしを重んじ、智は智恵を持ち、信は嘘をつかず信頼するということ。そして、忠誠心を忘れず、親に孝行し、兄弟を慈しむ。いずれも人としての美徳を示す。

「俺たちは世間様からは、廓で女の生き血を吸うような奴だと思われているんです。つまりは」

「……人でなし、ということか」

颯太は自分でそう答えておきながら、ごくりとつばを飲み込んだ。

廓で育った男として、わかったような気はしていたものの、改めて人から告げられると、それはそれで、かなりの衝撃があった。

「ええ、そういうことです」

清蔵はにこりともせず頷くと、さらにこう続けた。

「いいですかい。ここからが肝心で……坊ちゃん、亡八もんにゃ、亡八もんの掟《おきて》がありやす。おいおい、お伝えしますが、まず知っておいて欲しいのは、玉屋の女は、女として見ちゃいけないってことです。あれは大切な品物です。だから決して手を出しちゃいけません。遊びたくなったら、あっしに言ってくだせぇ。いつでも代わりの女を用意しやすから」

「女は品物」――亡八の意味を知らされたことよりも、このことの方が、颯太にとっては、衝撃が強かったと言って良い。玉屋の女たちは、それまで、颯太にとって大事な母か姉、妹のような存在だった。

それなのに、「女は品物」そう言い切られ、颯太は戸惑いを隠せなかった。

しかし、だからといって、颯太は生まれ育った廓を嫌いにはなれなかった。

自らを亡八もんだと言って憚《はばか》らない、父の山三郎も、玉屋の他の男衆たちも、皆、どこか馬鹿でどこかお人好《よ》しで、優しく、強くて、大好きだったからだ。

そして、その日、清蔵は颯太を別の遊廓に連れて行った。

そこで初めて、颯太は大人の男と女が何をするのかを教わった。

いや、幼い頃からなんとなくわかっていたことだし、実際睦《むつ》み合っている男女の嬌態《きょうたい》を目にしたこともあったから、初めてというのはおかしいかもしれない。

とにかく、颯太はその夜、清蔵が用意してきた女と枕を共にして、男になった。

そして、その日を境に、佐保とまともに話ができなくなってしまったのだ。

佐保も品物なのか……。

花魁修業をしているということは、遊女になるのが決まっているということだから、そういうことなのだが、颯太は佐保にどう接すればいいのか、わからなくなった。まともに顔を合わせることすら、できない。

今みたいに、あんな寂しそうな顔をされれば余計だ。

亡八もんは、人でなし。女を品物にしか思っちゃいけない。

ふいに鼻の奥がツンとして、また息が苦しくなった。

佐保のせいだ。いつだって、あいつはあまりに真っ直ぐ俺の目を見てくる。

しばらく静かにしていると治まるはずなのに、今日は背中が痛い。

心の臓がなにやら、早鐘を打つみたいで、息が荒くなった。

「はっ、はっ……はっ」

颯太は、無理にでも寝てしまおうと布団をひっかぶった。

四

もう半刻（一時間）ほどで昼見世が始まる頃、風呂《ふろ》を済ませた遊女たちは、我先にと鏡台の前に陣取って、化粧を始める。

佐保は遊女たちの着替えや化粧の手伝いに忙しい。

「ああ、ちょっと、白粉《おしろい》溶いておくれ！」

「私のが先だよ」

「ちょっと、そりゃ、私の紅だよ。何、勝手に塗ってるのさ」

紅が入っている綺麗《きれい》に絵付けされたお猪口《ちょこ》を遊女たちが取り合っている。

美しく映える化粧には紅が要《かなめ》だ。

たとえば眉《まゆ》。墨だけの眉は黒々と元気なだけで色気がない。下地にさっと紅を引いてから墨で描く。目元も同じく、目尻《めじり》に紅を差すことで、艶《なま》めかしさが加わる。

しかし、過ぎたるは及ばざるが如し、ちょうど良い手加減というのが難しい。

ああでもない、こうでもないと女たちは化けるのに夢中になっていた。

「あれ、あれ、お前さんたちまだそんななりで……」

遣《や》り手のお梶が遊女たちを急《せ》かして廻《まわ》っていた。

「さ、もう化粧はそれぐらいにして、見世へ並んで」

と言いかけて、お梶はへなへなとその場に座り込んだ。

「お梶さん、どうしたの！」

「大丈夫、大丈夫。たいしたことじゃないよ」

と応じてはいるが、お梶は答えるのももどかしそうだ。

「何やら、足の力が抜けちまって。それにさっきから歯に唇がひっついてしょうがない」

「じゃ、お水を」

「いや、さっきも飲んだとこなんだよ。いくら飲んでもすぐにね……喉《のど》は渇くし、目もかすむし、どうしたってんだろ、いったい」

お梶はそう言って、溜息《ためいき》を漏らした。

普段元気なお梶にしては珍しい。とはいえ、お梶はもう五十過ぎのはずだ。若い頃は遊女として過ごし、遣り手になってからもゆうに二十年は過ぎている。

佐保の目にはお梶の白髪もめっきり増えてきたように思えた。

「よっこらしょっと。あ、痛《い》てて……」

お梶は腰を上げるのも大儀そうだ。

「お梶さん、ちょっと待ってて」

と言うや、佐保は台所へ向かって駆け出した。

「ちょっと、お待ちな。良いから、私のことなんぞ、お構いなしでよござんすよ！」

お梶が止める声が聞こえたが、佐保の足は止まらなかった。

お梶さんに何か食べさせなくちゃ。佐保にはもうその一心しかない。

何がいいかな……。あ、そうだ、あれを使おう！

このとき、佐保が作ろうと思いついたのは黒豆を使ったぜんざいであった。ちょうど煮豆にしようと、戻したばかりの黒豆がある。

疲れがちなお梶さんは甘いものに目がない。それに、あの白髪。白の反対にどうしても黒いものを食べさせたいと思えて仕方がなかったのである。

「はぁ、美味《おい》しいねぇ、これは。ありがとよ」

お梶は何度も美味しいと、ありがとうを繰り返して、佐保の作った黒豆のぜんざいを食べてくれた。佐保は鍋《なべ》の方を見やった。

「まだまだ、たくさんありますからね」

「ああ、後でまたいただくことにするよ。さ、そろそろ仕事しなくちゃね」

と、お梶が腰を上げた時であった。奥から番頭格の清蔵が台所へ顔を見せた。

「何やら良い匂いがするね」

「おや、清さん、何か用かい」

と、お梶が声をかけた。

「丁度良い。おやっさんが、お前さんをお呼びなのさ。佐保さんと一緒に奥へ来てくれって」

「私も？」

こくりと、清蔵が頷《うなず》いた。妙に真面目くさった顔だ。

その瞬間、佐保ははっとした。

ついに見世に出るよう言い渡されるんだ――。

お梶は何も言わないが、促すように佐保を見た顔がそうだと物語っている。

「さて、良かったら、行こうかね」

「はい」

佐保はしっかり頷くと、お梶に続いて山三郎の部屋へと向かった。


「佐保でございます」

「お入り」

声を受けて、障子を開ける。山三郎は少し難しい顔をして、煙管《キセル》を吹かしていた。

「おお、お座り」

佐保の顔を見るなり、山三郎はそう告げたが、すぐには話し出さず、咳払《せきばら》いをして煙管を咥《くわ》え直した。

佐保は丁寧に両手をついた。

「今まで育ててくださって、ありがとうございました。これからは見世に出て恩返しをいたします」

自分から先に言おう——咄嗟《とっさ》に佐保はそう考えたのだ。

山三郎は佐保を見て、頷くように息をつくと微笑んだ。

「佐保、よく言ってくれた」

「それが筋でございますから」

佐保はしっかりとそう答えた。

山三郎には感謝してもしきれないほどの世話になった。

恩返しをするには、遊女になるのが一番なのもよく承知している。

料理をするのが好きなのが高じて、今は賄いの手伝いばかりしているが、幼い頃から、お茶にお花、歌を詠むのも、文を書くのも全て仕込まれていた。

全ては売れっ子の遊女、花魁《おいらん》になるためである。

孤児だった自分を育て上げてくれた人だ。嫌だと言える道理がない。

それに花魁になって有名になれば、もしかしたら、生き別れた親にだって会えるかもしれないじゃないか。

「よろしくお願いいたします」

佐保はもう一度そう言って、手をついた。

山三郎は頷き、「そうか」と安心したように息を吐いた。

「じゃ、玉紫さんの妹分ということで、よろしいでしょうかね」

と、横から、お梶が尋ねた。

「ああ」

「名はどういたしんすか？」

「玉菊《たまぎく》にしようと思うんだが」

「ああ、それは縁起の良い名だ。よかったね」

と、お梶が佐保を見た。

先代の玉菊は美人で頭も良く、皆から愛されていた。一昨年《おととし》、大店《おおだな》の主人に落籍《ひか》されて廓《くるわ》を出た。遊女が廓から出る最も幸せな例と言っていい。早く良い旦那《だんな》に恵まれるようにという山三郎の心づくしだと佐保は思った。

「ありがとうございます。お父さん」

と、佐保は頭を下げた。

「で、玉菊さんのお披露目はいつに、いたしんすか」

「そうさな、八朔《はっさく》にしようかと思う」

八朔、八月朔日《ついたち》。天正《てんしょう》十八（一五九〇）年の八月一日に、徳川家康《いえやす》が初めて江戸入りしたことから、八朔は、江戸では正月に次ぐ祝日とされている。

江戸城では諸大名や旗本が白帷子《かたびら》に長袴《ながばかま》を着て登城し、将軍家に祝詞《のりと》を述べる。それに倣って、吉原でも遊女たちはみな真っ白な小袖《こそで》を新調し、客を迎えることになっていた。

その日に、佐保は玉紫の妹分の振袖新造《ふりそで》として見世に出ると決まった。

振袖新造は花魁の名代も務めるが、まだ色は売らない。水揚げ（客を取るの）は後日、様子を見てからとなる。

「八朔……」

あと三月《みつき》もないと佐保は思った。

「早いかい」

と、山三郎が問う。

「いえ、ありがたいお話です」

横にいるお梶も、任せろとばかりにその胸にぽんと手を置いた。

「見世に出るからには、花魁を目指して、励むんだよ。わからないことはなんだって、聞いてくれていいんだからね」

「はい。よろしくお願いいたします」

「もちろんさ。ああ、忙しくなるねぇ」

お梶が張り切った声を上げたその時であった。

「た、大変ですっ、おやっさん！」

声の主は清蔵であった。清蔵の後ろには、銀次《ぎんじ》というまだ若い男衆が泡を食った様子で付いてきている。

「騒々しい、いったい何事だい」

お前が話せというように、清蔵は銀次に目をやった。

「へぇ、わ、若旦那《わかだんな》が、お、お、大川土手で、心の臓がいてぇって、ひっくり返ったと思ったら、そ、その、そのまんま」

と、銀次はしどろもどろに答えた。若旦那とは颯太のことである。

佐保は思わず息を呑《の》んだ。山三郎もお梶も同様に、驚いた顔をしている。

「そのまんまって、坊は？　颯坊、死んじまったのかい！」

悲鳴のような声を上げたのはお梶だった。

あまりのことに、佐保は言葉も出ない。

「ま、まさか、縁起でもねぇ」

と、銀次は首をブンブン振り、代わりに清蔵が、

「気を失われたらしく、今、こっちへ運んでると」

「もうぉ、やめとくれよ。こっちの身の方がもたない」

と、お梶は胸を押さえた。

「で、医者は？　呼んだのか」

と、静かに訊《き》いたのは山三郎であった。さすがに肝が据わっている。

「へ、へぇ、材木町《ざいもくちょう》の千久庵《ちくあん》先生がちょうど遊びにいらしてたんで、診てはもらったんですが……」

と、銀次が答えた。どうやら手をこまねいているらしい。

途端に、山三郎と清蔵は渋い顔になった。材木町の千久庵は医者とは名ばかり。女好きの藪《やぶ》医者なのだ。清蔵が山三郎を見た。

「おやっさん、あっしはひとっ走り、医学館へ」

「ああ、そうしてくれるか」

「へぇ。必ず、お医者をお連れします。おい、銀次、お前も来い！」

清蔵と銀次が飛び出していったのと入れ違いに、戸板に載せられ、数名の男たちに担がれた颯太が帰ってきた。

息はしているようだが、顔色は真っ白で、気を失っている。

やはり付き添っている千久庵は、何も手を出せない様子で、「駄目かもしれん」と首を振るばかりである。

「奥へ」

山三郎は男たちにそう命じると、千久庵には懐から出した小金を渡した。

「後はこっちで診ますんで。お手間を取らせました」

千久庵は金を手にすると、ほっとしたような顔をして、さっさと帰っていった。

その間、佐保は颯太の部屋に行って布団を敷き、次に台所へ戻って湯を沸かして……と、医者を迎え入れる準備を勝手に始めていた。

心配でどうしようもなかったが、おろおろしていても始まらない。

自分に出来ることはそれぐらいだとわかっていたからだった。

ほどなく、玉屋の玄関に、清蔵と銀次が駕籠《かご》に付き添って戻ってきた。

駕籠から降り立ったのは、立花瑞峰であった。

「こりゃ、瑞峰先生」

出迎えた山三郎が、瑞峰に深々と頭を下げた。

「すまんな。若いのは出払っておってな」

「いえいえ、先生に来ていただけるなんて、もったいない」

「挨拶《あいさつ》は後じゃ。どんな具合だ」

「先ほど、目は覚ましたんですが」

「そうか、ともかく、診よう」

瑞峰は答えるのももどかしそうに草履を脱ぎ、奥へと上がった。

瑞峰が颯太を診ている間、佐保はいつでもお手伝いができるように、部屋の隅で控えていた。山三郎とお梶もまた心配そうに付き添っている。

瑞峰は颯太の脈を取り、次に着物の前をはだけさせると、胸やら腹やら丁寧に触診をし、さらに口をあけさせ、舌を診てと、丁寧に診察をおこなった。

「前にも同じようなことがあったかな」

瑞峰は颯太に問うた。

「……いえ」

颯太はちらりと佐保の方を気にした。

「心当たりがあるのかな」

と、瑞峰は優しく尋ねた。

「それは……」

「どうなんだ。はっきり言いなさい」

と、横から見守っていた山三郎が口を挟んだ。すると、瑞峰が、

「ああ、すまんな、お前さん方は出てってくれ。そこの娘さんも」

と言って、山三郎とお梶、そして、佐保を追い出した。

廊下に出た佐保はそれでも心配で、部屋の前から動けずにいた。

それは、山三郎もお梶も同じであった。山三郎は庭を見つめたまま、深くため息をつき、お梶は気をもみすぎて息が浅くなっていた。

「大丈夫でしょうか？」

と、佐保がどちらへともなく、尋ねた。

「さあな、お任せするしかないからな」

山三郎はそう答えてから、

「そうだ、佐保。あいつの好物を何か作ってやってくれねぇか」

「好物」

「ほら、あいつは甘いぜんざいが好きだったろう」

「ああ、ぜんざいなら、ほら、ちょうど上手《うま》い具合にあるんですよ、ねぇ」

と、お梶が佐保の代わりに答えた。

「私のためにさっき、作ってくれたのがさ」

「ええ」と頷《うなず》いたものの、佐保は台所へ向かうのを躊躇《ためら》った。

颯太が甘いものを好んだのは子供の時分のことだ。それに……。

「どうしたんだ」

いつもなら飛ぶようにして台所へ向かうはずの佐保が動かないのを見て、不思議そうに山三郎が問うた。

「……いえ、私が作ったものは口に合わないって、いつも」

「そんなこと。お前の料理を嫌がる者がいるもんか、頼むよ」

「は、はい」

佐保が頷き返したその時、障子が開いて、診察を終えた瑞峰が出てきた。

「先生」

山三郎が心配そうに瑞峰の顔色を窺《うかが》った。瑞峰は軽く頷くと、

「すまなかったな。あの年頃は人に弱みを見せたくないだろうと思ってな」

と、追い出したことを詫《わ》びた。

「いえいえ、ご配慮痛み入ります。で、颯太はどんな具合で」

「うむ。少し落ち着いた様子なので、眠るように言ったが」

難しそうな顔をして言い淀《よど》んだ瑞峰を見て、山三郎は「あちらで」と、自室へと誘った。

「ご一緒してようござんすか」

と、すかさずお梶が問うた。瑞峰が頷くのを見て、山三郎も頷いた。

「ああ。すまんが、佐保、先生にお茶をお持ちして」

「はい、すぐに」

佐保が淹《い》れた茶を一口飲んでから、瑞峰は重い口を開いた。

「……颯太は江戸患いじゃ。それもかなり重い。いわゆる衝心《しょうしん》を起こしかけておる。次に発作が起きるとどうなるか」

聞いた途端、お梶が、ひぃっと声にならない悲鳴を上げ、佐保の手を摑《つか》んできた。

「そんなっ」

さすがの山三郎も絶句した。

江戸患い——いわゆる脚気《かっけ》のことである。現代では脚気といえばビタミンB_1不足というだけの軽い病気と思われがちだが、当時は原因不明で、重症化すれば死に至る怖ろしい病《やまい》であった（事実、十三代将軍の徳川家定《いえさだ》、十四代将軍の徳川家茂《いえもち》は脚気による衝心で若死にしたといわれる）。

脚気で一般的に知られているのは膝蓋腱《しつがいけん》反射がなくなるということだが、脚気の初期症状は食欲不振、倦怠感《けんたい》、手足に力が入らないといったところから始まる。重くなるにつれ、むくみ、手足の感覚麻痺《まひ》、さらには、動悸《どうき》、眼球の動きの異常、意識の消失、記憶障害などを起こすこともある。そして、もっとも怖ろしいのが衝心と呼ばれる心不全で、それが命取りになるのである。

精米した白米が主流となった江戸で流行《はや》ることが多く、参勤交代で江戸に出てきた武士が患うものの、故郷に帰ると（雑穀や玄米の食事に戻るため）治るので、「江戸患い」と呼ばれるようになったのだ。

山三郎やお梶の身近では、『吉原細見』の版元として名を馳《は》せた蔦屋《つたや》重三郎《じゅうざぶろう》がこの江戸患いで亡くなっていた。

「なにか、何か手立てはないのでしょうか」

山三郎はすがるように瑞峰を見た。

「先生、颯坊を助けてやってくださいまし」

と、お梶も涙ぐんでいる。

「助けてやりたいのは山々じゃが、江戸患いもあそこまでいくと」

「……あのぉ、瑞峰先生」

と、佐保が声を出した。

誰かなというように、瑞峰が佐保を見た。

「お前、もしかして、佐保か」

「はい」

と、佐保は頷いた。

「そうか。儂《わし》のことは覚えているかい」

「はい、もちろんでございます。あの折はお世話になりました」

と、佐保は瑞峰に頭を下げた。十年前に会ったきりであっても、あの時の火傷《やけど》を治してくれたお医者さまを忘れるはずはなかった。

「いやいや、世話というほどのことは何もできなかった。そうか、お前か。大きくなったものだ。ご両親の御名は思い出せたのかな」

「いえ」と、佐保は首を振った。

「でも、母が料理好きだったことと、父から草の名を教わったことだけは朧《おぼろ》に」

「ほう……」

「いえ、私のことよりも」

と、佐保は身を乗り出した。

「颯ちゃん、いえ、颯太さんのことですが、食べさせて悪いものはありますか」

佐保は真剣な表情で瑞峰を見た。

「いや、特にはないが。そうか、確か、元胤がここに来たとき、お前は人に応じたものをあれこれ食べさせるのが得意だと聞いたが」

すると、佐保の代わりに山三郎が頷いた。

「そうなんでございます。元胤先生は佐保が作った雑炊が遊女たちの身体にはとても良いとお褒めで」

「今日も私に黒豆のぜんざいを作ってくれたりして」

と、お梶が口を添えた。

「黒豆のぜんざい……お前さんもどこか具合が悪いのかな」

言うなり瑞峰は、お梶の手をぐいと取り、顔を近づけた。

「あれ、先生」

いきなり手を握られて、お梶は若い女のように恥じらって見せた。咄嗟《とっさ》の時にもこういうシナを作ってしまうのも、かつて人気の遊女だった頃のならいかもしれない。しかし、瑞峰は色事で手を握ったのではなく、脈を診たのであった。

「ちょっと舌を出してごらん」

と、瑞峰は続けた。

「あ、はい、こうでありんすか」

お梶も察しが付いたのか、慣れた様子で舌を出した。

お梶の舌は痩《や》せて紅っぽく、舌苔《ぜったい》も見当たらない。

「おお、やはりな。おまえさんは陰虚《いんきょ》、腎精《じんせい》不足じゃ」

「腎精？　腎精が足りないってことですか」

「そうじゃ」

精は生命力を意味する。本道（漢方内科）では身体の元とも言われ、精には先天的に親から受け継ぐ精と後天的に自らが作り出す精があると考えられている。

「先天的な精は腎に宿り、成長と生殖を司《つかさど》るとされているのである。

「歳を取れば、誰も腎精が弱ってくるものだが、特にお梶さんのような商売をしてきた者は腎精不足になりやすいもの。『色念の起るまかせに房事せば、陰虚火動となるぞおそろし』というてな」

これもまた「養生歌」の一つで、色欲のままに男女の営みに励みすぎるなという戒めであった。

「まぁ、なんです。人をまるで色好みみたいに」

と、お梶は憤慨してみせたが、瑞峰はそれには応じず、佐保へと向き直った。

「お前はどうして、お梶に黒豆のぜんざいを作ろうと思ったんだい」

「さぁ。なぜかと問われると、私にもよくわかりません」

と、佐保は正直に答えた。

「では、黒豆を使ってみようと思ったのはなぜだい」

問いかける瑞峰の目は優しい。

「それは、お梶さんの髪が白くなったなぁと思っているうちに、何か黒いものを食べさせなくちゃって」

「まぁ」と、お梶が恥ずかしそうに白髪が目立つ鬢《びん》に手をやった。

「ごめんなさい。でも、思い浮かぶと、それでもう作りたくて作りたくて。後は手が勝手に動いてしまって」

「なるほどのぉ」

と、瑞峰が感心したように頷《うなず》いた。

「先生、お梶のような女には黒豆が良かったのでしょうか？」

と横から山三郎が問いかけた。

「うむ。そうだ。豆というのは植物の力が満ちているし、黒いものは腎精に通じる。それをぜんざいにしたのが又良い。甘みのものは疲れを取るからな」

瑞峰はそう山三郎に答えてから、こうも呟《つぶや》いた。

「この子は、自《おの》ずと水穀《すいこく》の精微《せいび》がわかるのかもしれぬな」

「水穀の精微……」

佐保は口の中で、その言葉を反芻《はんすう》した。だが、どういう意味なのかわからない。お梶も初めて聞くらしく、首を傾げている。それは山三郎も同じだったらしく、

「水穀の精微とは何でございますか」

と、不思議そうな顔をして尋ねた。

「水穀の精微とはな、水、穀物、すなわち飲みもの食べもの、人が口にするものから得られる滋養のこと。つまりは養生の極意じゃ。知ってのとおり、人の身体というものは食したものから出来ている。骨も皮も五臓六腑《ごぞうろっぷ》も。むろん、親から生まれ出たときに受け継いだものもあるが、成長したのちは特に、どのようなものを食すかが、養生の決め手となる」

「なるほど、それでは」

真剣な表情で聞き入っていた山三郎が身を乗り出した。

瑞峰は山三郎に最後まで喋《しゃべ》らせず、佐保に向き直った。

「佐保さんや、お前、今の颯太には何を食べさせたいと思う」

「えっ……」

「いいから、言ってみなさい」

「はい」

佐保は静かに目を閉じて、颯太の顔を思い浮かべた。

「おめぇの作ったもんなんか口に合うか！」

まず最初に思い浮かんだのはこの言葉だ。

あのとき凄《すご》んでみせた颯太の顔はむくんでいて、目の下に隈《くま》もあった。

「江戸っ子がそんなもん、ちまちま食ってられるかよ……」

「ん？」

思わず颯太に言われたことをそのまま口に出してしまった佐保を見て、瑞峰もお梶も山三郎も怪訝《けげん》な顔になった。

「すみません。でも、颯太さんはそう言って、白飯ばかり食べるんです。おかずは嫌だって。青菜なんかは特に駄目で。だから、私は、せめてぬか漬けだけでも食べてってそう思っていて」

「そういやぁ、颯太は酒を飲むときも料理には手をつけたがらなくて」

と、山三郎も口を添えた。

「それはまさしく、『嗜《すけ》ばとて同じ品のみ食すれば、偏気積もりて病《やまい》とはなる』だな」

と、瑞峰はまた「養生歌」を唱えた。

「偏った食は病の元ということでな。『百薬の長なる酒もわが分に過ごして飲めば百毒の長』にも当てはまる」

「お酒は飲み過ぎてはいけないということですね」

と、佐保は頷いた。

「ああ、酒はこの際、厳禁じゃ。で、ぬか漬け以外には何を思い浮かべた？」

「はい、鰻《うなぎ》です。颯太さん、鰻なら好きかなって」

「鰻か。うむ。あれは精がつくから良いかもしれん。よし、ではな、こうしよう」

と、瑞峰は佐保を見やった。

「まずは、白飯以外のものもきちんと食べさせること。できるかな。お前さんが食べさせたいと思うものなら何でも良い」

「でも、苛々《いらいら》と怒鳴って食べてくれないかもしれません」

「そうか、苛々が過ぎているようなら、気を安定させるような薬を調合してやろう」

「死にたくないなら、食べろと私が言ってきかせます」

と、山三郎も口添えした。

「それもいいが、今は胃弱になっているかもしれぬからな。言うても食べられぬこともあるかもしれぬ。そういうときは梅干し粥《がゆ》が良い。それと、胃弱によく効くツボがあるんだが」

「灸《きゅう》なら私が据えますよ」

と、お梶が手を挙げた。

「じゃ、後で場所を教えておこう」

「お願いします」

「先生、他に気をつけることはありますか」

と、佐保が尋ねた。

「とにかく、あいつが嫌がっても、万遍なく色々なものを食べさせることだ。青菜もな。そうだ、鶏卵や猪肉《ししにく》、鴨が手に入るようならそれもよい」

「それは私が」

手配すると、山三郎が頷いた。

「先生、そうやって養生すりゃ、颯坊は死なずに済むんでしょうか」

と、お梶が尋ねた。

「……上手《うま》くすればな」

瑞峰の深刻そうな顔は変わらず、山三郎もお梶もふーっと吐息を漏らした。

「助けます。必ず、助けてみせます」

佐保は不安な気持ちを振り払うように、そう答えていた。

それからというもの、佐保は颯太の食事の世話にかかりきりになった。

山三郎があれこれと集めてきた食材を元に、颯太の顔色を見つつ、献立を作る。

鰻をさばくことまではできないから、買ってきてもらった蒲焼《かばや》きを使って、卵とじにした。さらに、胃が弱っている颯太でも食べやすいように、昆布を使った出汁《だし》で湯豆腐を作り、青菜や芋を柔らかく煮てお膳《ぜん》に添えた。

ご飯は小豆を一緒に炊き込んだ玄米ご飯だ。

颯太は鰻や湯豆腐は食べてくれたが、玄米ご飯だけは、文句を言って食べようとしない。なので、佐保はおにぎりにしてみたり、油揚げや人参などと炊き込みご飯にしたり、それでも駄目な時は、菜飯にしてみたりと工夫を重ねた。

味噌汁《みそしる》やぬか漬けも欠かさず、膳に載せた。

だが、せっかく作っても颯太は、「食べたくない」「まずい」とか言って、手をつけないこともあった。

そのくせ、少し身体が楽になると、またぞろ夜遊びに出かけようと床を抜け出そうとする。山三郎が怒鳴り散らしても、全く意に介さない。馬の耳に念仏とはよく言ったもので、山三郎が男衆に見張りをさせると、今度はその男衆に酒を買いに行かせる始末であった。

五

「颯ちゃん！」

頭上に佐保の声が降ってきた。同時に、布団が剝《は》ぎ取られた。

「なんだよ、うっせいな。朝っぱらから」

颯太は面倒くさそうに身を起こした。

枕元には佐保がブルブルと手を震わせて、立っている。その片方の手に昨日呑《の》んだ酒徳利が握られているのを見て、颯太はやれやれと頭を掻《か》いた。

「これ何！」

と、佐保が酒徳利を突き出す。

「はぁん、見りゃ」

わかるだろうと言いかけて、颯太は言葉を呑み込んだ。

佐保の目に大粒の涙が溜《た》まっているのがわかったからだ。

「……どうして、どうしてお酒なんか飲むのよ」

「呑みてぇからに決まってら」

佐保は、颯太の肩をがしっと摑《つか》むと、揺すぶった。

「なんで、どうしてわかってくれないの。死んじゃうんだよ、こんなことしてたら」

「大げさな」

「颯ちゃんの馬鹿！」

言うなり、佐保の手が颯太の頬を引っぱたいた。

いきなり顔を叩《たた》かれて、颯太はカッとなった。

「何する！」

思わず颯太は佐保を押し倒し、馬乗りになると、手を振り上げた。

「もう一回言ってみろ」

「言うよ、何度でも言う。颯ちゃんは馬鹿、大馬鹿だ」

佐保の目からぽろぽろと涙の粒がこぼれ落ちた。そうなると、殴るわけにもいかず、颯太は振り上げた拳《こぶし》を布団の上にどんと下ろし、佐保を放した。

佐保は布団の上に起き上がると、

「ねぇ、お願い。死にたくなかったら、私が作ったもの食べてよ。ねぇ、颯ちゃん、ねぇ」

すがるように言い募った。

押し倒したはずみに裾《すそ》が乱れ、佐保の白い太ももが露《あら》わになっている。目をそらしたいのにどうしてもそこに目が行ってしまう。

「やめてくれ！」

「颯太さん、お願い、お願いだから、この通り」

と、佐保が、今度は三つ指をついた。

今度は佐保の細いうなじに後れ毛が張り付いているさまが気になって仕方ない。

「お願い、颯太さん！」

次の瞬間、颯太は、佐保の手を握りしめていた。

「じゃあ、おめぇ、俺の願いも聞くか」

「えっ……」

「俺の言うこと聞くって言うなら、食べてやってもいい」

なんで、突然、そんなことを口走ってしまったのか、自分でもわからない。

だがそれが、無茶苦茶な理屈であることはわかっていた。

けれど、言ってしまったのだ。嫌だと言われたら、それでいい——。

そう思った刹那、佐保が大きく頷《うなず》いた。

「わかった。何でも聞く。颯太さんの言うことなら、何でも、何でも聞く」

「……本当か」

声が擦《かす》れて、颯太は思わず唾《つば》を飲み込んだ。

「で、願いって何？」

と、佐保が問うてきた。何もやましいことはないという目で——。

「そりゃ」

そのときになって、颯太は自分が佐保に何を求めようとしているのかに気付いた。

握った佐保の手はあまりにも柔らかくて、儚《はかな》い……。

颯太は慌てて佐保の手を離した。

「ね、颯太さん、願いって？」

「ああ～～、本当にお前はうるせぇ奴だな」

と、颯太はわざとらしく怒鳴った。

「そんな」

「出てけよ。飯でも何でも食べてやるから！」

颯太は佐保を強引に立たせると、部屋から追い出したのであった。

「本当に絶対よ！　絶対だからね」

追い出された佐保は、部屋の中の颯太に向かって、そう叫んだ。

「わかったから、行けって」

と、颯太が怒鳴り返す。

佐保は乱れた髪と裾を直し、もう一度未練がましく、部屋の方を見てから、涙をふきふき、台所へ戻っていったのであった。

このとき、廊下の向こうで、佐保の様子を見た者が二人いた。

遣《や》り手のお梶と番頭格の清蔵である。

「ちょっと、ありゃ、何だい」

佐保の乱れた髪と着物、それに泣いたような顔……。

颯太と佐保は兄妹《きょうだい》のように育った仲だと油断していたが、よく考えれば二人が男と女の仲になったとしてもおかしくはない——そのことに気付いて、お梶は大慌てに慌てた。だが、清蔵は苦笑いを浮かべて、手を顔の前で振りながら、

「ないない、大丈夫ですよ。あの二人に限って、おかしなことになりっこありませんさ」

「どうして言い切れるのさ」

「だって、そりゃ、若旦那《わかだんな》にはちゃんと廓《くるわ》の掟《おきて》をお教えしましたし」

「よく言うよ。掟って言われたら、破りたくなるのが、あの年頃だろ。お前さんだって、身に覚えがないとは言わせないよ」

お梶が言うと、清蔵はぼりっと首すじを掻いた。

「そう言われちゃ、そうですけど」

「ね、もし変なことになってたら、どうしよう」

「どうしようって言われても、まいったな」

段々と清蔵も、これはやばいと思うようになったようだ。

「あ〜、私としたことが、うかつだったよ」

ふた月もすれば、佐保は振袖新造《ふりそで》として見世に出る身だ。

おかしなことが起きてしまってからでは遅い。

「どうするんで？」

「どうもこうも、二人っきりにしないようにするに決まってるだろ。あんたもちゃんと目を光らせておいておくれよ」

そうして、お梶はすぐさま、佐保に颯太の部屋には一人で入らないようにと申し渡した。

「いいかい、これから料理は私が運ぶからね」

「えっ、でも、せっかくこれからは食べるって言ってくれたんですよ。それとも、颯太さん、私が運ぶのも嫌だってそう言ったんですか」

佐保はせつなそうに答えた。

「ああ、そうだよ、そういうこと」

こうなりゃ嘘も方便だと、お梶はすぐさまそう答えた。

「とにかく、お前さんは若旦那の部屋には一切入らないこと。じき、見世に出ようってこと、忘れないようにしなくちゃね、いいね」

「わかりました」

強く念を押すと、佐保はようやく頷いたのであった。

なぜ、お梶が急にそんなことを言い出したのか、佐保にはわからなかった。

だが、その代わり、颯太はきちんと佐保の作った料理を平らげるようになった。

出したお膳《ぜん》の皿が全て空になって帰ってくるのを見て、佐保は安堵《あんど》した。

そっか、自分が顔を出さない方が颯太は気が楽なのだ。

佐保はそう思うようにしたのであった。


一方の颯太もまた、少しほっとしていた。

急に顔を出さなくなった佐保のことは気がかりではあったが、側にいなければ、妙なことを考えずに済む。

「いいですか。今はとにかく身体を治すことが一番ですからね」

「そうですぜ、若旦那」

佐保の代わりに、お梶と清蔵が交互にやってきては、そう言うのが煩《うるさ》くはあったが、治療に専念するのが身のためだというのは、自分でもわかるようになっていた。死んでしまうのはまだ早いし、やはり怖い――。

颯太はきちんと出されたものを食べるようになった。するとむくみが取れて、血色もよくなっていった。

夜遊びをしたり、隠れて酒を呑《の》むということがなくなったせいか、夜もぐっすり眠れ、朝は腹が空《す》いて目が覚める。すると、上手《うま》い具合に美味《おい》しい料理が運ばれる。そうなると、若い男の回復力はすさまじいもので、目に見えて、身体の調子が良くなっていき、痩《や》せぎすだった颯太の身体には少しふっくらと肉もつくようになった。

そうして、七月の終わり、佐保が振袖新造としてお披露目をする八朔《はっさく》もすぐという頃には、颯太はすっかり元気を取り戻していたのであった。

八朔は「田の実」の節句とも呼ばれる。八月朔日《ついたち》は、早稲《わせ》の穂が実り始める頃にあたるからで、神社では豊作祈願をおこなう。吉原の中にある九郎助稲荷《くろすけいなり》でも祭礼がおこなわれ、それを目当ての客もやってくる。

また、「田の実」に「頼み」をひっかけて、日頃お世話になった人に感謝の意味を込めて贈り物をするのも習いであった。吉原の大見世玉屋でも、日頃、世話になっている医者、料理屋、髪結いなどに御礼の品を配る。

遊女たちは遊女たちで、馴染《なじ》み客に誘い文を送りつける。

八朔のような祝日（吉原では紋日《もんび》と呼ぶ）には遊女は休むことを許されず、休む場合は自分で揚代を都合しなくてはいけないからだ。

当然、人の出入りは多い。ただでさえ忙しいのに加え、今年の八朔は佐保改め玉菊のお披露目ということもあり、玉屋の中は大騒ぎであった。


「ああ、もう少し、そう、そこはもう少し白く塗って」

「あれ、紅が強すぎやしないかね」

支度部屋では、馴《な》れぬ化粧に手間取る佐保に、先輩の遊女たちがああでもない、こうでもないと口を出していた。

颯太は廊下の柱の陰から、その様子をちらりとのぞき見ていた。

あの佐保が白い化粧にまみれていく。

今日からは玉菊と呼ばなければならないのか――。

「あれ、颯太さん」

急に声をかけられて、颯太は慌てて振り向いた。

そこに立っているのは、玉紫花魁《おいらん》であった。

まだ化粧前だが、素顔もまた美しい。

「すっかり元気なご様子、何よりようござんした」

玉紫はにっこりと微笑んで挨拶《あいさつ》をしてきた。

「ああ、ずいぶんと心配かけて」

と、颯太は応じた。

「その言葉、あちきにではなく、佐保ちゃん、いえ、玉菊さんには言ってあげたんですか」

「えっ……」

まだ、佐保には礼の一つも言えていなかった。言いたくても、あの日から顔もまともに合わせていない。

「いえ、余計なことを、あいすみません」

と、玉紫は頭を下げた。

「なんだか、あちきはあの子が気になってしょうがないものですから」

そう言って、玉紫は支度部屋の中へと目をやった。

遊女になる佐保が痛ましくてならない——玉紫の横顔にはそう書いてあるように、

颯太には思えた。

だからって、どうしようもねぇじゃねぇか——。

颯太はぎゅっと唇を嚙《か》みしめた。

六

「おい、元堅、今日から、あの娘が見世に出るらしい」

昼過ぎ、元堅が医学館での受講を終えて教場を出ると、廊下で待ち構えていた瑞峰がそう言って、玉屋からの誘い文を見せた。

「玉菊という名で出るのだと」

「さようで……」

「ということだ。早《はよ》う、用意せぃ」

言うなり、瑞峰は元堅を急《せ》かした。

「ほれ、早う」

「いずこへ」

「廓《くるわ》に決まっておる。久しぶりに玉紫花魁の顔もみたいしな」

瑞峰は、にかっと笑った。

「玉紫花魁の座敷に上がるのですか！」

と、元堅の声が大きくなった。花魁の揚代は百両ともいわれる。そんなお金、どこにあるというのだ。

「まさか。馴染みならよかったのだがなぁ」

と、いかにも惜しそうに瑞峰は答えた。

歳を取っても、脂っ気の抜けない人だと、元堅は呆《あき》れ顔になった。

玉屋山三郎からの文には、颯太の快気祝いもしたいので是非お越しをと書かれてあるという。

「これはもう大きい顔をして行けばよいのだ」

と、瑞峰はいかにも嬉《うれ》しそうな顔をしている。

「はぁ。では、お気を付けて」

「何を言っておる。お前も一緒に行くのだ」

「私はいいです」

「せっかく連れていってやると言っておるのに、遠慮する奴があるか」

「遠慮というのでは」

元堅の脳裏には、遊女たちに囲まれて笑われた時のことが甦《よみがえ》っていた。今行けば、また笑われるに違いない。そう考えただけでも頬が赤くなり、身体まで痒《かゆ》くなってくるようだ。

瑞峰は元堅の耳に顔を寄せると、囁《ささや》いた。

「心配するな。母上には内緒だ。お前には誰か良い妓《こ》をと山三郎に頼んでやるから。『二十歳は四日に一度、三十歳は八日に一度房事ある可《べ》し』というではないか」

瑞峰は多紀家家訓でもある「養生歌」の一句を持ち出した。

「『四十歳は十六日目、五十歳は二十日、六十歳にて房事慎め』とも申します」

と、元堅は言い返した。「養生歌」にはこうした房事についての歌も多いのである。

「そうであったかな」

と、瑞峰はとうに還暦をすぎているくせに、とぼけてみせた。

「本当に行かぬ気か」

「はい。それに第一、紋日は揚代が倍になるとききました」

「けちくさいことを。ほんに、遊びを知らぬ奴だな」

元堅の真面目腐った返事を聞いて、瑞峰は呆れ顔になった。

「いいか。揚代が二倍になろうが、三倍になろうが、誘い文を貰《もら》ったら行くのを渋るのは江戸っ子ではない」

江戸っ子じゃないくせに……。

と、元堅は口の中で呟《つぶや》いた。周防生まれの瑞峰に江戸っ子を語られたくはない。

「はぁ、なんか言いたいことでもあるのか」

瑞峰はこういうとき、妙に察しがいい。

「いえ、別に」

「とにかく、粋な男は、そういう時にこそ、出かけていって、心付けの一つも弾むものなのじゃ。よく覚えておけ」

瑞峰はそう言うと、「急げ」と、元堅の尻《しり》をポンと叩《たた》いた。

結局、元堅は瑞峰に連れられて大門をくぐった。

八朔《はっさく》の祝い日だけあって、常にも増して人の数が多い。

吉原の廓内にある九郎助稲荷の祭礼があるためか、狐の面を被《かぶ》った男や、白い小《こ》袖《そで》をまとった遊女も目につく。

花魁は仲の町に面した茶屋に呼ぶのが筋だが、山三郎からの文を手にしている瑞峰は、玉屋へと向かった。

「これはこれは。瑞峰先生、ようお越しくださいました」

山三郎は大喜びで出迎えてくれた。

「めでたい誘いを断るなどあろうはずもない」

などと、瑞峰も調子よく答えている。

「颯太は？　調子は良さそうか」

「はい。それはもう。あの折にはお世話になりましてありがとう存じました」

山三郎は深々と腰を折った。

「何、儂《わし》がやったことなど、わずかなことよ」

と応じている瑞峰に続いて、元堅も奥へと上がった。

通された小座敷に入ると、颯太がきちんとお辞儀をして瑞峰を待ち構えていた。

「このたびはありがとう存じました。おかげさまをもちまして、この通り、すっかり本復いたしました」

手をついて丁寧に口上する颯太の姿は、滑舌も良く、男の目から見ても惚《ほ》れ惚《ぼ》れする。

元堅は思わず、我が身と比べて気が引けるのを感じた。以前、ちらりと見た時よりも男ぶりが上がっている。まだ歳は自分より下だろうが、どことなく、目の端に暗い影があって、それが颯太を妙に大人っぽくも見せている。

ちぇっ、こういうのを色男って言うんだろうな——。

「元気になって何よりだ。とはいえ、まだ無理はするなよ」

と、瑞峰が応じている。

「はい。それは心得ております」

「玉屋を継ぐ覚悟もできたとみえる」

「皆に心配をかけたのが、だいぶ、骨身にしみた様子でございます」

と、横手から山三郎が口を添えた。

「颯太、こちらにいらっしゃるのが、多紀の元胤先生の弟さまの元堅先生だ」

山三郎は、颯太を元堅に紹介した。

「はい。一度お目にかかったかと。改めましてお見知りおきください。私が颯太でございます」

「ああ、こちらこそよろしく頼む」

軽く見られてはいけないと、元堅はにこりともせず、少し横柄な口調で挨拶《あいさつ》をしたのだが、颯太は柔らかな笑みを浮かべて、それに応《こた》えた。

これまた湯上がりのようにすっきりとした笑顔なのだ。

負けている気しかしない――。

元堅は小さく溜息《ためいき》を漏らした。

「さ、さ、挨拶はそれぐらいでよろしゅうございましょう。どうぞ、お楽しみください」

山三郎がそう言うと、手を軽く叩いて、料理や酒を運ばせた。

大見世の玉屋は客に出す仕出しの料理も酒も良いものを揃えている。

先付けには、梅小鉢にもずく酢。おろし生姜《しょうが》と花ミョウガが添えてあるものだ。

吸椀《すいわん》にはじゅんさいに菊の花を模した鱧《はも》が浮かび、向付にも鱧をさっと炙《あぶ》って焦がした焼き霜造りが並んでいる。流行《はや》りの京風料理である。

「ほぉ鱧づくしか、結構、結構」

と、瑞峰が嬉しそうな声を上げたが、その通り、どれも彩りよく旨《うま》そうだ。

元堅も思わず唾《つば》を飲み込んだ。

「さ、どうぞ、どうぞ。箸《はし》をお取りになって」

と、山三郎が勧めてきた。

「はぁ、でも」

先に手をつけるわけにはいかないと、元堅は瑞峰をうかがった。母稀代の躾《しつけ》の賜《たまもの》か、こういうところは律儀なのである。

「いただきなさい」

瑞峰の許しを得てから、元堅は椀を手に取った。

「……う、旨い！」

「色気よりも食い気だな、お前は」

と、瑞峰が笑う。

「そ、そんなことはありません」

元堅は颯太をちらりと見て、答えた。

颯太は、微《かす》かに笑顔を浮かべたままだ。特に馬鹿にしている様子はない。

「元堅先生はいつもおいしそうに食べてくださるので、出す方も嬉《うれ》しい限りでございます。さ、お酒も。ほら、颯太、お勧めしなさい」

「はい」

颯太から注がれるがままに、元堅は盃《さかずき》の酒も一気に飲み干した。

そのとき、廊下から禿《かむろ》の愛らしい声がした。

「玉菊さん、お着きになりんした」

颯太は軽く一礼して元堅から離れると、部屋の隅の下座へと座り直した。

「お入り」

と、山三郎が廊下へ声をかけた。

「はい」

声がして障子が開いた瞬間、元堅は思わず「おっ」と息を呑《の》んだ。

そこには、まるで花嫁御寮のような真っ白な小袖をまとった佐保改め玉菊が、いたからだ。

遣《や》り手のお梶に手を取られて、佐保はしずしずと座敷に入ってきた。

八朔の祝いにちなんだ白い小袖は、玉菊の初々しさと清純さの証《あかし》のようでもあり、伏せた目から続く長い睫《まつげ》は黒々と、縁の紅がさらにそれらを引き立てている。

「玉菊でありんす。これからどうぞ御見知りおきを」

か細い声だ。三つ指をついた手の先まで白い。

これが本当にあのときの小生意気な娘なんだろうか……。

そう思った瞬間、元堅は頬が急に熱くなり、胸がざわつくのを覚えた。すると途端に、「ひくっ」としゃっくりが出た。

慌てると、また一つ、そしてもう一つ。こうなると止まらない。

「わかりやすいのぉ、お前は」

と、瑞峰が笑い出した。

焦れば焦るほど、元堅のしゃっくりは大きくなるようだ。元堅の動揺ぶりが激しいほどに、禿や山三郎、それにお梶も笑いをかみ殺している。が、その中で笑っていない者が二人いた。

一人は初めてのお座敷で緊張し切っている佐保。そして、もう一人は、颯太であった。

颯太は、部屋の隅から、静かに佐保を見つめていた。

佐保らしくない――。

白く塗られた顔はまるで見知らぬ女を見るようだ。

何だよ、なんで、お前、そんな格好で座敷にいるんだよ――。

「のう、佐保いや玉菊さん、この慌て者に何を食べさせれば良いと思うかね」

と、瑞峰が声をかけた。

佐保は一瞬、何を訊《き》かれたかわからないようで、戸惑った表情を浮かべた。

「しゃっくりに効く食べ物だよ。蟬退《せんたい》を知っているお前さんなら、わかるのではないかな？」

「せんたい？　何のことでございますか」

首を振る佐保を見て、元堅が声を上げた。

「お前、わ、私に蟬の抜け殻を、ひくっ、飲ませたではないか。まさか、蟬退を知らずに飲ませたのか！」

「すみません。難しいことは何も。でもあの時、痒《かゆ》がってらっしゃるのを見ているとなぜか蟬が浮かんできて……ミンミンと鳴いているように見えたのかも」

「なんだって」

と、元堅がむくれた。だが、瑞峰は取り合わず、

「なるほど、なるほど」

と、佐保に微笑んだ。

「はい。ですから申し訳ありません」

「いや、良いのだ。試すようなことを言って悪かった」

「そんな、私が物知らずだから」

「いやいやそんなことはない。儂《わし》はお前さんには料理の才があると見ている。ほら、

あの折も言うたであろう。自《おの》ずから『水穀の精微』がわかっていると」

「あれは……まぐれでございます」

と、佐保は小さく首を振った。

「謙遜《けんそん》するな。颯太がここまで元気になったのが、何よりの証じゃ」

と、瑞峰は下座に控えたままの颯太へ目をやった。

颯太は黙ったまま、頷《うなず》いた。

「確かに」

と、山三郎が頷いた。

「颯太が三途《さんず》の川を渡らずに済んだのは、佐保が料理を作ったおかげでしょう」

「ほらな、そうであろう。もしも廓《くるわ》が嫌になったら、いつでも儂の元へおいで。病人のために料理を作ってもらうから」

「先生、それは困りますよ」

と、お梶が苦笑いを浮かべた。

「この子にはこれから、玉紫さんに継ぐ、立派な花魁《おいらん》になってもらうんですから、ねぇ、旦那《だんな》」

「ああ」

と、山三郎が頷いた。

「そうじゃったな。すまぬ、すまぬ。つい勿体《もったい》ない気がしてな」

「花魁にならぬ方がよほど勿体のうござんすよ」

と、お梶が笑った。

「ひくっ」と、また元堅がしゃっくりを上げた。それを見て、山三郎が問いかけた。

「先生、いったい、しゃっくりには何が効きますので?」

「柿のへたじゃよ」

と、瑞峰は笑った。柿のへたを煎《せん》じて作る柿蔕湯《していとう》は、漢方ではしゃっくりの特効薬とされる。

「ま、今の季節、柿が穫《と》れるわけではないからな。佐保さんが柿を食べさせたいと答えたら、どうしようかと思っていたわい」

そう言って、瑞峰はカッカと愉快そうに笑ってから、元堅の背中をいきなり、ドンと叩《たた》いた。

「痛っ! 何するんですか!」

「どうだ。止まったか」

乱暴な方法だが、それもしゃっくりを止める一つの手だ。

だが、残念なことに、元堅は、また「ひくっ」としゃっくりを続けた。

「しつこい奴じゃのぉ」

「ひっ、酷《ひど》いじゃないですか、ひくっ」

「まぁまぁ、若先生、鼻をつまんでお酒を一気に。それでも止まると言いますよ」

と、お梶が酒を勧めようとしたその時だった。

「先生」

と、それまで黙って話を聞いていた颯太が一歩、前ににじり出た。

「今のお話、本当でございますか」

「うむ？　柿のへたのことか、それとも鼻をつまむ方か？」

「いえ、違います。玉菊……いえ、佐保に料理の才があるということです」

「ああ、その通りじゃよ」

「では、医学館で病人の料理を作らせようとおっしゃったことも？」

「おい、颯太」

と、山三郎が控えさせようとしたが、瑞峰は、構わないと笑って許した。

「そうさな」

と、瑞峰は颯太を見た。

颯太の目は真剣そのものである。

それをしっかりと受け止めたように、瑞峰は盃《さかずき》を置いた。

「佐保さんのように他人の足りぬものを即座に見極める目を持っている者はそうはおらぬ。いや、正直、儂はこれまで会《お》うたことがない。日ノ本にもそう何人もいるとは思えない」

「それじゃ、勿体ないとおっしゃったのもあながち、冗談じゃないと」

「ああ、まこと、儂はそう思っている」

瑞峰の返事を聞いた颯太は、姿勢を正したまま、佐保へと向き直った。

そうして、一瞬、佐保がひるむほどの怖い顔をしたまま、こう告げたのである。

「佐保、お前、今からここを出て、料理人になれ」

「ちょっと、若旦那《わかだんな》！」

「お前、な、何てことを！」

泡を食ったのは山三郎とお梶であった。

佐保は驚きすぎて声も出ない。

料理を作るのは好きだ。人が喜んでくれる顔を見るのも好きだ。でも廓を出て料理人になるだなんて、そんなことできるはずがない――。

戸惑っている佐保に向かって、颯太は続けた。

「お前、俺の言うことだったら、何でも聞くって、あんとき約束したよな。忘れたとは言わせねぇぞ」

「でも」

「料理を作るのは嫌いか」

「ううん」

「だったら、ここにいるより、百倍いや千倍マシだろうが。お前に廓の女は似合わねぇ！」

「颯太、いい加減にしろ！」

と、山三郎は怒鳴ると、颯太の衿《えり》を摑《つか》み、座敷から出そうとした。

だが、颯太は必死に抵抗すると、父の足下に這《は》いつくばった。

「親父！　頼む、この通りだ。俺が助かったのは佐保のおかげだろっ！　佐保がいなかったら、俺は死んでた。たった今、親父だって、そう言ったじゃねぇか」

「それは……だからって、こんなこと。示しが付かねぇ」

「示し？　だったらよけいさ。俺たちは亡八もんだ。けど、亡八もんでも命の恩人への義理だけは欠いちゃいけねぇんじゃねぇのか、違うかい！」

「颯太……」

「頼みます。この通り。もう我が儘《まま》はこれっきりにします。だから、だから……佐保を廓から出してやってくれ」

颯太は必死になって山三郎をかき口説いた。

「颯ちゃん、やめて。私だって、ここで育ててもらった恩義を返さなくちゃならないの。遊女になるって、もうそう決めてるんだから」

「駄目だ。お前はここにいちゃなんねぇ！」

「颯ちゃん」

「俺の言うこと、きけって！」

「……」

若い二人の様子を見ていた山三郎がふーっと大きく息を吐いた。この場をどう納めるべきか、迷っているのを見て、瑞峰が静かにこう言った。

「のう、玉屋、儂《わし》からも頼む。この娘《こ》を医学館で預からせてくれんか」

そして、瑞峰は頭を下げた。

「先生までそんな……」

「そうですよ。先生、おやめくださいましよ、どうか手をお上げくださいましよ」

お梶はおろおろとするばかりだ。

元堅も何がどうなっているのやら、わからず、ただただ呆気《あっけ》にとられていた。

あまりの驚きで、しゃっくりも止まったようだ。

「親父、頼むよ。瑞峰先生もこうおっしゃってくれているんだから」

颯太は畳に頭をこすりつけんばかりだ。

ふーっと、山三郎がまた長い溜息《ためいき》をついた。それから、瑞峰を見てこう尋ねた。

「先生は本当に、この子にそんな価値があるとお思いなんですか」

「ああ、ある」

「花魁《おいらん》になったら千両は稼ぐ妓《こ》ですよ」

「この娘が救う人の命は、金ではまかない切れぬであろう」

いつになく、瑞峰の顔も真剣そのものであった。

山三郎は何度か深く息をしながら考えていたが、やがて佐保を見て口を開いた。

「佐保、お前、どうしたい。私への気兼ねでなく、どうしたいか、正直に言うてごらん」

「…………」

佐保は迷った。気兼ねをするなと言われても、簡単に言えるものではない。

「親父、そんなこと親父に聞かれて、はい行きたいですって言えるわけねぇだろ」

と、颯太が怒った。

「黙ってろ、私は佐保に聞いている。今ここで、私に気兼ねして、行きたいと言えねぇような半端なことじゃ、もし出したとしても、瑞峰先生にご迷惑をかけるような羽目になるだけだ。違うか！」

「そりゃ……そうかもしれねぇけど」

颯太が佐保を見た。

「なるほど、そうかもしれぬ。儂も聞きたいな、佐保さんの覚悟を」

と、瑞峰も山三郎に同意した。

「どうかね。うちで勉学したいかね？　それともこのままここで遊女になるかい」

「………」

佐保はぎゅっと唇をかみ、瑞峰と颯太、お梶、山三郎の顔を順に見た。

やがて意を決したように佐保は身を正して、山三郎の前に三つ指をついた。

「お父さん、許してください。私、勉学がしたいです。一所懸命勉学して病気の人に美味《おい》しい料理を作る、そんな料理人になりたいです！　ごめんなさい、何一つ、お返しができないけど……」

佐保の目からはぽろぽろと涙がこぼれた。

「佐保ちゃん、あんた……」

お梶がもらい泣きをしている。

「……わかった。よく言った。よく言った」

「親父、それなら」

いいのかと颯太が山三郎を見た。

「ああ、人の命と言われちゃ、仕方ねぇだろ」

そう言って微笑むと、山三郎は瑞峰へと向き直り、深々と頭を下げた。

「先生、どうぞよろしくお願い申し上げます」

「先生、俺からも頼みます。佐保のこと、よろしくお願いいたします」

と、颯太も父にならって頭を下げた。

佐保も慌てて、瑞峰に向かって三つ指をついた。

「精一杯務めます。どうぞよろしくお願い申します」

「ああ、こちらこそ、よろしく頼むよ」

瑞峰が応じたのを見て、佐保はもう一度、深々と頭を下げた。

料理人になる。

これから私は、病の人を救う料理人になる！

佐保は胸の奥が熱く高まっていくのを感じていた。

第二話　医学館の人たち

一

八月の終わり、佐保は玉屋山三郎や玉紫花魁らに見送られて、吉原を出た。

「佐保ちゃんらしく、自分の力で幸せをお摑みなさい」

と、玉紫が励ます横で、

「さみしくなるねぇ」

と、遣《や》り手のお梶が泣いていた。

颯太は……そこに颯太の姿はなかった。

夕べのことだ。佐保は颯太に、医学館に行けるようにしてくれたお礼と別れの挨《あい》拶《さつ》をした。すると、颯太はこう告げたのだ。

「いいか、これからは道で会っても声はかけねぇ、お前も俺のことは忘れろ」

「嫌だ、そんなこと。なんでそんな寂しいこと言うのよ」

だが、颯太は答えず、さっときびすを返して、走り去ってしまった。

あれきり、佐保は颯太の顔を見ていない。

「ん？　どうかしたか」

問いかけた山三郎に向かって、佐保は、

「あのぉ、颯太さんは？」

と問いかけた。だが、山三郎は首を振ると、

「いいかい。私たちのことは忘れて、新しい道を進みなさい。ここはもうお前の帰る場所じゃないんだからね」

それが、佐保を七歳の頃から育てた山三郎の親心であった。

一緒に見送りに出ていた玉紫花魁と、お梶も頷《うなず》いていたが、佐保は首を縦には振らなかった。

「お父さん、育てていただいたご恩を忘れることはできません。もちろん、簡単に戻ってこようだなんて思っていません。でも、忘れたりはしません。そんな寂しいこと言わないでください」

佐保は明るく答えてみせた。

「みなさん、お達者で。行ってまいります！」

最後まで涙は見せなかった。

大門を出てからも、佐保は一度も後ろを振り向かなかった。

衣紋坂の見返り柳の前で、吉原を見ておきたい衝動にかられはしたが、堪《こら》えた。

「二度と会えないわけじゃなし」

いつか、またみんなに私が作った料理を食べて貰《もら》える日が来る――。

佐保はそう自分に言い聞かせたのだった。

佐保はその足で、立花瑞峰の家がある御徒町《おかちまち》に向かった。瑞峰の元に住み込んで、先生の身の回りの世話などをしながら、勉学に励むのが筋だと思っていたからだ。

上野不忍池《うえのしのばずのいけ》の南、下谷広小路を抜けて神田川へと至るこの辺り一帯は、大名・旗本・御家人の住む武家地となる。

御徒町はその名の通り、御徒と呼ばれる歩兵部隊（身分は御家人）が住む組屋敷が並んでいる。太平の世が続く今は、若年寄支配として、御徒は御書院御番組などと共に、江戸城の護衛などにあたっていた。

近くには、武勇で鳴る藤堂《とうどう》家の屋敷などがあり、高い塀が並んでいて、町並みもそこを通る人たちもどことなく厳《いか》めしく、吉原の華やかな色里とは全くの別世界と言っていい。

佐保は初めて来た町を緊張した面持ちで歩いていた。

まっすぐ前を向いて……このとき、もし、佐保が急に振り返ったら、後ろにいる颯太に気付いたかもしれない。

颯太は佐保の行き着く先を見届けたい気持ちを抑えきれず、見つからないように、付かず離れず、佐保の後ろを歩いていたのである。

そして、瑞峰もまた心配していたのか、表まで出迎えてくれていた。

「おお、よう来た。荷物はそれだけかい？」

佐保の荷物は、着替えを数枚入れただけの風呂敷《ふろしき》包み、一つである。

「はい。これからお世話になります」

佐保は丁寧に頭を下げ、

「さっそくではございますが、私はどちらに」

と、部屋を問うた。すぐにでも下働きをする気でいたのだ。

「いやいや、お前さんの部屋はここにはない。さ、行こうかね」

瑞峰は佐保に自分についてくるように命じた。

「女手など足りておる。第一、お前さんに儂《わし》の世話をさせる気などないよ」

「はい？　ではどちらに？」

「多紀家じゃ、佐保はそこに行って貰うからな」

と、瑞峰はなぜかそこで、大きな声になった。実は瑞峰は、後ろで隠れている颯太に気付いていた。そこで彼を安心させるために、わざと大声で教えたのである。

「多紀家の奥方に話は通してある。心配は要らぬ。医学館のすぐ隣だしな」

そう言うと、瑞峰は前に立ち、スタスタと歩き始めた。

瑞峰の家がある御徒町から、多紀家と医学館がある浅草向柳原は目と鼻の先だ。

神田川に向かって、歩き始めてしばらくして、佐保は老人を伴った娘に声をかけられた。

「あのぉ、医学館さまはこちらでしょうか」

娘が手を引く老人はどこか具合が悪そうだ。

「ええっと」

「おお、こっちじゃ、こっちじゃ。ついてきなされ」

瑞峰が戸惑っている佐保の代わりに答え、娘たちを伴って、角を曲がった。

立派な塀の向こうに、開け放たれた門が見える。

「先生、おはようございます」

人の良さそうな白髪頭の門番が、瑞峰に気付いて挨拶をしてきた。

「ああ、和助《わすけ》さん、おはよう」

瑞峰は軽く挨拶を返してから、娘に向かって、

「その先に診察と書かれた入口が見えるであろう。入ると人がいるから、病人を診て欲しいと言いなされ」

と、先に行かせた。

「はい、先生でございましたか。畏《おそ》れ入ります。ご親切ありがとうございます」

娘は深々と頭を下げ、老人を連れて門をくぐった。

「ああ、養生なされ」

見送った瑞峰は、門番に向き直ると、

「和助さん、これが佐保さんじゃ。これから、ここによく出入りするから、覚えておいておくれ」

紹介された佐保は慌てて頭を下げた。

「佐保でございます。よろしゅうお願いいたします」

和助と呼ばれた門番は頷き、愛想よく微笑んだ。

「こちらこそ。可愛いお嬢さんですね、先生のお孫さんですか」

「違うがな。ま、そんなもんじゃ。よろしくな。さ、行こうかね」

瑞峰は自ら、医学館の中を先に案内してくれるようであった。

「あの、先生、さきほどのご老人たちは」

「ああ、医学館はな、病気のことを教えるだけでなく、治療もしている。薬代など取っておらぬから、ああして、みなやってくるのだ」

「では小石川の養生所のようなものですか」

「まぁそうだな。近いといえば近いが、こちらは学問優先。学問向上のために病気を診させてもらっているということかな」

診させてもらっている——こういう言い回しが瑞峰にはよく似合った。偉そうに先生ぶっていない。佐保には瑞峰が皆に慕われている理由がよくわかる気がした。

颯太は、佐保が瑞峰に連れられて医学館の門をくぐるまで見届けた。

「しっかりやれよ」

小さく呟《つぶや》き、きびすを返すと、なんとそこには清蔵が立っていた。

「お前……」

なんのことはない。清蔵は清蔵で、山三郎から佐保を見届ける役目を仰せつかっていたのだ。

「若旦那《わかだんな》、ちょいと一杯呑《の》んで帰りますか？」

と、清蔵は颯太を誘った。

「いや、やめとくよ。まだ朝っぱらだぜ」

颯太は断ると歩き出した。清蔵もそれにならった。

「ねぇ、若旦那」

「なんだ」

「これで、佐保ちゃんは廓《くるわ》の女じゃなくなった。ってことはですよ」

と、清蔵は颯太の顔を覗《のぞ》き込むようにした。

「なんだよ」

「ですから、もううちの女じゃねぇってことでさ。よかったですね」

清蔵は何やら嬉《うれ》しそうだ。

「はぁん？」

意味がわからず、颯太は顔をしかめた。が、次の瞬間、「あっ」と声を上げた。玉屋の女ではないということ。それはつまり、颯太にとって、いつでも口説いていい相手になったということなのだ。

「ね、よかったでしょ」

「ば、馬鹿！　そんなんじゃねぇや！　いいか、ここにもう来るんじゃねぇ。俺たちみたいなのがうろうろしたら、佐保の邪魔だ！」

颯太は思いきり怒鳴ると、走り去った。

清蔵はその姿を見送り、やれやれと肩をすくめた。

「やせ我慢も辛《つら》いやね……」

佐保は瑞峰に医学館を案内されていた。

「ほれ、ご覧、あそこが薬草園だ」

瑞峰が指さす先、建物の南側から東側にかけて、何やら様々な植物を栽培した畑が拡がっている。

その中で薬草の講義でも行われているのだろうか。白っぽい上衣を羽織った年配の人物を、数名の若者が囲んでいるのが見えた。

瑞峰に気付いた一人が会釈し、他の者たちも慌ててそれに続いた。

瑞峰は鷹揚《おうよう》に手を挙げて、応じてみせてから、

「施薬係の者たちだ。そのうち紹介してやろう。佐保さんが一番興味のあるところだろうからな」

「はい」

佐保は答えると、施薬係の人たちに向けて、大きくお辞儀を返した。

医学館は、明和二（一七六五）年、多紀家五代目にあたる元孝が私財をなげうって、医師養成校である躋寿館《せいじゅ》を設立したのが始まりである。

元孝は名ばかりの医者が横行している現状を憂い、系統立てて医学を学ぶ場を作ろうとした。杉田玄白が小塚原で女囚の解剖を見る六年前のことであった。

元孝の江戸城勤めの合間を縫っての私塾だったので、常時開校というわけにはいかず、年に百日だけ講義をおこなう形式が取られていた。

その後、幾度か大火に遭い、存亡の危機もあったのだが、その度に再建をし、寛《かん》政《せい》三（一七九一）年、六代目の元徳の時に、幕府直轄の医学館となり、元徳は館長にあたる督事に就任した。

この時認可した老中は、寛政の改革で知られる切れ者、松平定信《まつだいらさだのぶ》であった。

定信の命で、幕府の医官の子弟はみな医学館で学ぶことが義務づけられ、既に開業している町医者も学ぶことが望ましいとされた。

やがて様々な講師も集まるようになり、多紀家八代目の元胤の頃には、常時三十人から五十人程度の学生が学んでいたのである。

表玄関の脇には、施薬を受けたい患者やその家族が並んでいた。

表玄関から中に入り、廊下を進むと、左手には診察室があり、その向かいには、勉学に来た者たちの控えの間や応接室が並んでいる。

さらに進むと、大きな中庭に出た。廊下は中庭を囲むように続いている。

「先生、おはようございます」

「ああ、おはよう」

元服したばかりだろうか、まだ少年らしさが残る学生が瑞峰に挨拶《あいさつ》をしてから、佐保に向かって好奇心丸出しの無遠慮な視線を送ってきた。

「こらぁ！　色気づくのは百年早いわ」

瑞峰が一喝すると、学生たちは慌てて逃げるように去って行く。

怒ったわりには、瑞峰は楽しそうだ。

「学業ばかりの連中でおなごが珍しいのだ。勘弁してやってくれ」

「はい」

と答える佐保の脳裏に、しゃっくりをしていた元堅の顔が浮かんできた。

あれも女が珍しかったからかしら——。

「ん？　何か可笑《おか》しいか」

「いえ」

佐保は慌ててかぶりを振った。

「南の方は、学生たちの寄宿舎だ。遠国からやってくる者もいるでな。で、あちらが、教授たちの詰所と薬剤室だ。そして」

と、瑞峰は左手に目を向けた。

「こっちの廊下の先は、講堂といってな。講義を行う場所になる」

学生たちを一堂に集める講堂は七十五畳の広さがあった。

「そして、そのすぐ横には、佐保さんお待ちかねの」

と、瑞峰は佐保に目をやった。どこだか当ててごらんという顔だ。

「お台所ですか！」

「そうだ。学業は腹が減るでな。講義が終わればすぐに腹ごしらえができるようになっている。というか、ここだと病室にも近いしな。見たいだろう」

「はい！」

医学館の台所は吉原玉屋の台所と同じく、板張りと土間に分かれていた。全部で二十畳近くあるだろうか。板張りは黒光りするほど磨き上げられていて、埃《ほこり》一つ落ちていない。土間には大きな釜《かま》が並び、整然と掃除が行き届いている様子だ。

これから食事の用意があるのか、数人の女が忙しそうに働くのに交じって、三十すぎの男の姿があるのに、佐保は気付いた。

「うむ。いの六の患者には塩気は控えるように。それから、高瀬《たかせ》先生にはいくら甘いものをねだられても出してはならぬ」

男は女たちに何やら細かく指示をしている。瑞峰はその男に声をかけた。

「耕三郎《こうざぶろう》、ちょっと来てくれんか」

「はい！　先生どうされましたか」

すぐさま、瑞峰の前にやってきた耕三郎はなぜか、右腕を懐に入れたままだ。

だが、瑞峰は一向に構う風ではなく、

「これが佐保さんだ。この前話をした」

「ああ」と、耕三郎が佐保を見た。

包み込むような温かい目をしていると佐保は思った。

「佐保さん、賄いの管理をしている田辺《たなべ》耕三郎殿だ。以前は町医者だったのだがな」

瑞峰の声は少し憂いを帯びていた。

「私は利き手をなくしてしまいましてね」

耕三郎は穏やかな笑顔を浮かべたまま、そっと右腕を懐から出した。手首から先がなく、薄紫の布が丁寧に巻かれてあるのを見て、佐保は息を呑《の》み、思わず目を伏せた。だが、耕三郎は屈託のない様子で、こう続けた。

「それで、こちらにご厄介になっているのですよ」

「佐保さん、こいつはな、料理はできずとも、舌が肥えておる。味にはうるさいぞ」

「味にうるさいのは瑞峰先生の方でございましょう」

「そうか。そうかもしれぬな」

目を上げると、瑞峰と耕三郎はごく自然に笑い合っている。

「佐保さんのお料理も、楽しみにしておりますよ」

耕三郎が佐保に笑いかけた。

「あ、はい。よろしくお願いいたします」

佐保はお辞儀をするのが精一杯であった。

医学館の台所から、裏庭を抜けてすぐのところに、多紀家の裏口へと通じる木戸があった。瑞峰は佐保を伴い木戸をくぐると、勝手知ったる風情で、案内も請わずに庭先から奥へと進んだ。

庭には特に立派な木があるわけではない。だが掃除は行き届き、丁寧に手入れされた様子が清々《すがすが》しい。

突然、瑞峰が足を止めた。

「さてと、ここからが難関じゃ」

渋い顔をしている。何があるというのか。佐保が不安げな顔になったのを見て、

「いや、大丈夫、大丈夫であろう」

まるで自分に言い聞かせるように瑞峰は呟《つぶや》いたのであった。

難関だと瑞峰が呟いたのは、多紀家の先代の奥方で、大奥さまと呼ばれている稀代のことであった。

「佐保にございます。どうぞよろしくお願い申し上げます」

型どおりに、三つ指をついて挨拶をした佐保に対して、稀代の第一声は、

「挨拶はできるようですね」

というものであった。

「お顔をお上げなさい」

「はい」

佐保はそっと目を上げた。

床の間を背に座った老女が、この多紀家の大奥さま、稀代であった。

背筋がピンと張り、切れ長の大きな目が印象的だ。鼻筋も通っていて、若い頃はさぞや美しかったのだろうと佐保は思った。

美しいと言われる女はこれまで数多く見てきていたが、稀代の顔は廓《くるわ》のどの花魁《おいらん》とも遣《や》り手とも違った。稀代の剃《そ》った眉《まゆ》がそう思わせるのか、それとも見据えるような眼差《まなざ》しがそう思わせるのか、ともかく、一分の隙も許されない気がして、佐保はきゅっと奥歯を嚙《か》みしめた。

稀代は佐保から目を離さず、

「当家の主《あるじ》の元胤のことは知っているのですね」

「はい。御検診の折にお目にかかりました」

「では、弟の元堅のことも存じていますね」

「はい」

　矢継ぎ早に問いかけられたが、佐保は寸暇を置かず答えた。

「良い娘であろう」

　と、瑞峰が稀代を見た。

「ええ、はきはきした娘ですね」

　にこりともしてくれないが、稀代はとりあえず佐保を家に入れることを承知したようであった。

「いいですか。廓の育ちだからと言って、何も遠慮することはありません。私もそなたを皆と同じように一から仕込むつもりでいます。よろしいですか」

「稀代さん」

　と、佐保が答える前に、瑞峰が口を挟んだ。

「この前も話したように、この子は病人の料理人としてだな」

「勉学修養をというのでしょ。わかっております。もちろん、勉学は許します。しかしながら、多紀家で預かる以上、よそに出して恥ずかしくないだけのものは、身につけてもらわねば困ります」

「ああ、まぁそれはな。……この子は一通りのことはできると思うのだが」

瑞峰は、最後の方はもぞもぞと口の中に飲み込んだ。

廓での花魁修業は多岐にわたる。礼儀作法は無論のこと、お茶にお花、手習い、和歌に、音曲と、並の女の嗜《たしな》み以上のことは仕込まれていると言ったところで、稀代が納得すまいと思ったのか、瑞峰は顎《あご》に手をやったきり、押し黙った。

「いいですね、佐保さん」

「はい。どうか、ご指導よろしくお願い申し上げます」

「よろしい。志津《しづ》さん、何か言うことはありますか」

そう言って、稀代は横に控えていた元胤の妻、志津に目をやった。

志津は二十歳過ぎ。これまたにこりともしない、物静かな印象の女である。整った顔立ちではあるが、稀代のように眼光鋭いという感じではなく、なんとなく薄ぼんやりとしている。

「いえ、私は何も」

志津は伏し目がちに小さい声でそう答えた。姑《しゅうとめ》の稀代が決めたことを従順に受け入れていれば間違いないとでもいう風情だ。

「遠慮せずともいいのですよ」

稀代が念を押すと、志津は小さく首を振ってから、これまた小さくコホッと咳《せき》をした。

「あの、どこかお加減がお悪いのですか」

思わず、佐保は問いかけた。

志津の咳は乾いた空咳《からせき》だ。痰《たん》がからんでいるような気配はない。身の内が乾いているのか。佐保には志津の肌もざらざらと少し乾燥しているように見えた。

志津さんには何を食べてもらえばいいんだろう――。佐保は、いつものならいで頭の中でそんなことを素早く考えながら、腰を浮かしかけた。

すると、その気配に気付いた瑞峰が、佐保が何をする気か興味深そうな顔つきになり、志津と佐保、交互に目を走らせた。

だが、志津は、自分のことは構って欲しくない様子で、眉に皺《しわ》を寄せ、佐保や瑞峰の視線を避けた。

「いえ、どこも。いつものことですから。ご心配なく」

そうして志津は佐保を拒絶するかのように、顔をそむけてしまった。

稀代もまた、さっさとこの場の話を終わらせたかったようで、立ち上がりながら、

「では、佐保さん、後の細かいことは、女中頭のお芳《よし》さんに聞いてするように」

と、廊下に控えていた四十がらみの女に目をやった。

「はい。大奥さま」

お芳さんと呼ばれた女が快活な声で答えた。血色の良い大柄な女である。

志津のことが気にかかりながらも、佐保は芳の方へ向き直り、頭を下げた。

「どうぞよろしくお願い申し上げます」

「ええ。こちらこそよろしくね」

芳は人懐っこい笑顔を返してくれて、佐保は少しほっとした。

佐保の部屋は、女中部屋から狭い階段を上ってすぐの小さな屋根裏であった。

「狭いけれど、ここからはほら、お隣がよく見える」

案内してくれた芳はそう言って、明かり取りの窓を開けた。

芳が言うとおり、医学館が手に取るように見える。あそこが講堂で、薬草園……と、佐保は瑞峰に教えてもらった場所を目で追った。入った時は夢中でよくわかっていなかったが、こうして外から眺めると、医学館の広さがよくわかる。

「立派な御屋敷だろ」

芳の声がなんとなく自慢げであった。

「ええ」と、佐保は素直に頷《うなず》いた。

「布団も机も運んでおいたから、好きに使っていいからね。私たちは下で寝ているから、わからないことがあったら、いつでも訊《き》けばいいし」

芳は世話好きのようであった。

「私もね」

と、内緒話のように声を落とした。

「もう少しで廓に売られるところだったのを、こちらに拾ってもらったの。そりゃ、大奥さまは厳しい御方だけれど、みんな、お前さんのことを思ってこそだと思って、お気張り」

芳は佐保を自分と同じように貧しい家に育ち、廓に売られたのだと、思い込んでいるようであった。

「では、さっそくお願いが」

と、佐保は芳を仰ぎ見た。

二

「廓育ちの娘をうちにですか」

瑞峰から、佐保を預かって欲しいと言われたとき、稀代がまず心配したのが、医学館の学生たちが浮き足立つことになりはしないかということであった。

いや、違う。学生たちではない。特に元堅が、だ。

夫亡き後、跡を取った元胤は既に妻を娶《めと》って落ち着いているが、元堅は独身の上に勉学にも今ひとつ、身が入っていない。

若い、それも廓育ちのような女が家に入ってきたら、さらに勉学をおろそかにするのではないか、そんな危惧《きぐ》があったのである。

こんなことなら、さっさと嫁を決め、分家を構えさせておくべきだった――。

溜息《ためいき》をついてみたところで、今すぐどうなるものでもない。

稀代には、元堅に多紀家の男としての矜持《きょうじ》を持たせた上で、分家の当主として恥ずかしくないだけの技量を身につけさせたいという思いがあったのだ。

そんなことを考えていたせいか、稀代は、

「あの子は大丈夫でしょうかね」

と呟《つぶや》いていた。

「ん？　ああ、元堅が心配かね」

瑞峰に問い返され、稀代は自分が口走ったのだと悟り、思わず口を手で押さえた。

「いえ、すみません。お忘れを」

だが瑞峰は、

「元堅にとっても、良い刺激になると思うのだ」

と言うではないか。

「良い刺激！　その娘がですか？」

思わず声が大きくなった。

刺激があっては困ると思っているのに、何を言い出すのかと思ったら……。

「ああ、良い刺激だ。大丈夫、大丈夫」

瑞峰は愉快そうに笑ったが、稀代が眉《まゆ》を顰《ひそ》めたのに気付くと少し真面目な顔になった。

「『身の内のぬしは心よ、一身の安危《あんき》はぬしの心にぞある』じゃよ。稀代さん」

身を危うくするかしないかは、その人の心の持ちよう次第――これもまた稀代の舅《しゅうと》にあたる多紀家六代目の元徳が詠んだ「養生歌」の一首であった。

稀代の目から見た舅の元徳は、少し変わってはいるが好人物であった。

多紀家のことよりも医学館（当時は躋寿館）が大事で、焼失してしまった時には、私財をなげうって再建をおこなった。

当然、家に金はなくなる。だが、衣服や家屋敷、供回りが貧相なのを恥だとするのは、男としてあるまじきことだというのが元徳の信条であった。

元徳は、困窮した病人から診察代を貰《もら》うことなどなかったし、職人の支払いに窮したときには、往診に使う駕籠《かご》の戸をはずして与えてしまい、そのため、元旦《がんたん》の登城の折、戸のない駕籠のまま出かけても平気であった。

元徳の妻である姑《しゅうとめ》は、家の屋根の雨漏りすら直せないと嘆いたが、元徳は平然と「雨漏りなら、傘を差せばよい」と言ってのけ、その言葉通り、雨の日は家の中で傘を差し、楽しげに食事を摂《と》ってみせた。

家族にとっては良い迷惑な面もあったが、でも稀代はそんな舅を尊敬していた。狂歌を好み、養生歌を捻《ひね》っては、「稀代さん、また一首できたよ」と笑う舅は、お茶目で可愛らしくもあった。

瑞峰は元徳とは歳も近く、とても馬の合う友だった。

そのせいか、稀代は、瑞峰といると、元徳と話しているような心持ちになってしまうことがあった。

「あまり先走って、要らぬ心配をしすぎぬことだな」

今も、とぼけた顔の瑞峰にそう言われると、元徳に諭されているようだ。

それが稀代には、腹立たしくも懐かしくて仕方がない。

「また、そのような」

稀代は、わざと聞こえるように大きな溜息をついてみせたのであった。

その日の夕餉《ゆうげ》の席で、ようやく佐保は多紀家の当主である元胤と元堅に挨拶《あいさつ》をすることができた。

「これからお世話になります。どうぞよろしくお願い申し上げます」

元胤の前に膳《ぜん》を置き、佐保は丁寧に手を付いた。

「ああ、こちらこそ、頼むよ」

元胤は、以前に会ったときと同じく、優しい笑顔であった。

「へぇ、今日からか」

元堅は親しげに佐保に話しかけようとしたが、すかさず、横から稀代が大きく咳《せき》払《ばら》いをしたので、口をつぐんでしまった。

今日はしゃっくりも蕁麻疹《じんましん》も出ていないようだ。

「よろしくお願いします」

とだけ答えて、佐保は、芳と共に膳の給仕に廻《まわ》った。

多紀家の食事は、夕餉であっても、基本、一汁一菜（汁もの、おかず一品にご飯）の粗食と決まっていた。

『賤《いや》しき者は折々厚味《こうみ》食ふもよし　貴人は常に粗食まされる』（養生歌）

厚味とは、味の濃いご馳走《ちそう》の意味で、粗食こそが最上であるという教えを忠実に守った結果であった。

他に添えるとしても、香のもの（漬物）ぐらいのもの。基本は家族も使用人も同じものを食す。むろん、膳は同じでも、一緒に食べるわけではない。使用人たちは後で、台所の板の間でいただく決まりであった。

「ん？　これはどうしたこと」

目の前の膳を眺めて、稀代が呟いた。

いつも一汁一菜が載るだけの箱膳の上に、小鉢が添えてあったからである。

小鉢の中には、何やら白くてぷるぷるとしたものが盛ってあり、小さな赤い木の実が彩りを添えていた。

「なんですか、これは」

稀代は芳に問いかけた。

「それは、その」

「白キクラゲを甘く柔らかく煮たものです。赤いのは、ちょうど御庭にあったクコの実です」

芳の代わりに答えたのは佐保であった。

「白キクラゲにクコ？　お前が作ったというのですか」

稀代の声が険しくなった。

「あいすみません。どうしても作りたいと言われまして」

と、佐保より先に芳が平謝りになった。

「でも、どうして、こんなものを」

稀代の問いに、今度は佐保が答えた。

「出過ぎたことをしたのなら、謝ります。でも、どうしても志津さまに召し上がっていただきたくて」

「えっ」と、今度は志津が驚いた顔になった。

「先ほど咳《せき》をしておいででしたから」

「だからといって、勝手なことを」

声を荒げようとした稀代を止めたのは、元胤であった。

「母上、お待ちください」

だが、元胤は稀代を制すると、自分の妻である志津の前に座り直した。

志津が決まり悪そうに下を向いても構わず、脈診をしてから、

「咳はいつから続いていた？」

「さぁ、酷《ひど》くなったのは三日ほど前からでしょうか。でも、いつものことですから」

志津は消え入りそうな声で夫に答えた。

「舌を出してごらん」

元胤はそう言って、志津に舌を出させ、しばらく見つめていたが、「なるほど」と一人頷《うなず》いてから、稀代へと向き直った。

「母上、佐保さんを許してやってください。忙しくしていて気付かなかった私がいけないのです。佐保さんは私の代わりに志津を助けようとしてくれただけです」

どういう意味なのか、と、稀代は怪訝《けげん》な顔になった。

すると、稀代の代わりに、志津がおずおずと声を上げた。

「あのぉ、私は何か悪い病《やまい》なのですか」

「いや、違う。というか、厳密に言えば、病であって病でない」

「しかし」

心配そうな志津を鎮めるように、元胤は穏やかな声で続けた。

「今すぐどうのこうのというものではない。だが、そなたは元々燥邪《そうじゃ》にやられやすい性質《たち》だ」

「そうじゃ、ですか」

「ああ。つまり、なんというか、身体が乾きやすいのだ。空咳《からせき》は肺が乾きを訴えているからでな」

漢方医学では、人は、風《ふう》、暑《しょ》・火《か》、湿《しつ》、燥《そう》、寒《かん》という五つの気候（暑火は一つとみなす）の変化を受けるとされる。これらが過ぎて人の適応能力を超えると、邪気となり発病の原因となる場合がある。わかりやすくいえば、暑さが過ぎれば熱中症になり、冷えは万病に通じるといったようなものである。

その中で、燥邪はその字が表すとおり、乾燥が過ぎて不調をきたすというものであった。

「身体が乾く……それとこの食べ物に何の関わりがあるというのです」

と、今度は稀代が元胤に尋ねた。

「はい。古来、白キクラゲは潤いの元とされていて、身体を内から潤して、肌の衰えも防いでくれます。そうそう、クコの実も肌や目に良く、美人の元です。どちらも楊貴妃《ようきひ》が好んだといわれています」

「そうなんですね」

と、声を出したのは佐保であった。

それまで黙って横で聞いていた元堅が呆《あき》れ顔になった。

「お前また、何も知らないで作ったと言うのか」

「はい……」

すまなそうに頷いた佐保を見て、稀代が戸惑い顔になった。

「どういうことです」

「不思議ですよね」

と、元胤が受けた。

「佐保さんは人の様子を見ていると、足りないものが勝手に頭に浮かぶらしいのです。瑞峰先生が見込まれたのはそういうところだそうで。ともかく、志津、ありがたくいただきなさい」

「はい」

志津は元胤に促されて、佐保が作った小鉢に手を伸ばした。

佐保は心配そうに志津の様子を伺った。

「……甘い。美味《おい》しい」

志津の顔がほころんだのを見て、「よかった」と、佐保は胸をなでおろした。

それを横目に見ていた稀代が、「そう、楊貴妃がねぇ」と呟《つぶや》きながら、小鉢に箸《はし》をつけた。

一口食べて思わず頰が緩んだ稀代を見て、元胤がすかさず、

「いかがです？　母上」

と問いかけた。稀代は慌てて澄まし顔になって答えた。

「ま、今日のところはよいとしましょう。でも、佐保さん、もう勝手なことはしないように」

稀代は、念を押すことだけは忘れなかったのであった。

翌朝、稀代は佐保を女中頭の芳と共に呼びつけると、こう宣言した。

「いいですか。私が良いと言うまで、医学館への出入りは禁じます」

「えっ」

すぐにでも勉学できると考えていた佐保だったが、すぐ気を取り直し、

「わかりました」と素直に頷いた。

「それと……」

小さく咳払《せきばら》いをしてから、稀代は続けた。

「殿方と話すことは慎むように。特に、そのぉ、元堅は勉学中の身ですから」

「あ、はい。では瑞峰先生ともですか？」

「いや、その、余計な話をという意味です」

佐保が、稀代が何を気にしているのかが摑《つか》めず戸惑っていると、横から芳が、

「お勉強の邪魔になるから、無駄口を叩《たた》くなと仰《おっしゃ》ってるのよ」

と、小声で囁《ささや》いた。

「はい。そういうことでしたら、わかっております」

「ならよろしい。では、お芳に習って掃除と洗濯を。それが終わったら、私の部屋に来なさい」

それからというもの、佐保は稀代の命じるままに、夢中で家事全般をこなした。

稀代は稀代で、佐保を躾《しつ》け直そうと躍起になっていた。

礼儀作法に言葉遣い、手習い、お茶、琴に三味線、歌詠みと、休む間もなく次々と課題を与えるのである。それは芳も、「大奥さまはどうかなさったのか」と驚く

ほどに、手厳しいものであった。

佐保は、最初こそ家の中の勝手がわからず、どう動いていいか戸惑ったものの、数日経ち要領を摑んでしまうと、どれもするするとこなすようになった。

言われなくても、朝餉《あさげ》の片付けが済めば、風呂《ふろ》の残り水で洗濯と拭《ふ》き掃除《そうじ》をし、洗濯物が乾けば取り入れて、繕い物をする。

くるくると立ち働くのは苦ではないし、お茶やお花、音曲も、七歳の頃から十年間、花魁《おいらん》になるべく修業させられていた佐保にすれば、お手のものであった。

それに、ようやく好きな道に進めるのだから、稀代からどんな無理難題を突きつけられても、楽しくてしようがないのであった。

明るい性格の佐保は芳や他の女中たちともすぐに打ち解け、ひと月が過ぎる頃には、稀代も教えることがなくなってきていた。

「次は何をすればよろしいですか」

目をくりくりと輝かせて、問いかけた佐保に、稀代は、元徳が作った「養生歌集」を与えた。

「では、これをよく読んで、覚えなさい。後で諳《そら》んじてもらいますからね」

「はい！」

三

佐保が懸命に多紀家に馴染《なじ》もうとしていた頃、廓《くるわ》にいる颯太は飯を食べる度に佐保のことを思い出していた。

何を食べても、佐保が作ってくれた料理と比べてしまう。

「颯ちゃん、ちゃんと残さず食べなきゃ駄目！」

と言っていた佐保の顔が浮かんでくる。

「お前こそ、ちゃんと食べてるか」

思わず独りごちてしまった。虐《いじ》められていないだろうか、本当に勉強させてもらってるんだろうかと気になって仕方がない。

だが、清蔵にも言った手前、医学館へ様子を見に行くことはできない。

「糞《くそ》っ」

颯太は佐保の面影を頭から追い払うように、飯をかっくらった。

その日、元堅は日本橋の通油町《とおりあぶらちょう》にある耕書堂《こうしょどう》へ出かけていた。

耕書堂の初代は、『吉原細見』や歌麿《うたまろ》、写楽《しゃらく》の浮世絵などの出版で名を成した蔦屋重三郎である。元は吉原大門前に店を構えていたのだが、今はここ日本橋に移った。

店の前には、洒落本《しゃれぼん》や狂歌本、黄表紙など様々なものが並べられ、本好きの元堅は、それらを眺めているだけでも楽しいのだ。

パラパラと本をめくっていると、

「こりゃ、どうも先生」

と、横から声がかかった。

えっと見上げると、そこには颯太が立っていた。

「お久しぶりでございます。お声がけをしてしまい、申し訳ありません」

と、颯太は丁寧に頭を下げた。

「いや、構いませんよ」

と、元堅は応じた。颯太は元堅の顔色を窺《うかが》うようにして、

「あの、一つお尋ねしても」

「はい、何ですか」

「あいつは……佐保は元気にしておりますか」

「えっ。ああ、たぶん」

「たぶん？」

じろりと颯太の目が光った。いい加減な答えは許さないと言われているようで、元堅はごくりとつばを飲み込んだ。

「いや、そのぉ、私は話をしていないから」

「でも、お宅にいるんですよね」

「ああ、母上があれこれと言いつけて、いやそのぉ、面倒を見ているというか」

「料理の勉強の方は」

「もちろん、してるんじゃないかな。いや、してると思います。ええ、してます。賄いももちろん、あれこれとにかく忙しそうにしてますよ」

颯太は元堅の答えをじっと聞いていたが、

「……そうですか。元気なんですね」

と、念を押すように元堅を見た。

「ああ」

「あいつ、ちょいと頑張りすぎるところがあるんで」

「確かにそんな感じだな」

「先生、先生もどうか、あいつが変な目に遭わないように気をつけてやってくださ
い。お願いします」

あまりにも素直に頭を下げられて、元堅は戸惑った。

「う、うん……」

「あ、すみません、ちょっと待っててくださいよ」

颯太は元堅を待たすと、通りの向こうにいた飴《あめ》売りの元へ走っていった。

そうして、一袋買うと、再び飛ぶように戻ってきた。

「これ、あいつに。俺からとは言わず、渡してやってください」

「えっ」

「頼みます」

颯太は元堅に有無を言わさず押しつけると、風のように去ってしまったのだった。

「ほう、これは誰が書いたのですか」

佐保が巻紙に書いた「養生歌」を見て、元胤は感嘆の声を上げた。

さらさらと流れるような筆致の上に、読みやすい。

俗に「文字は人なり」というが、書いたものを見れば、その人がどういう心の持

ち主なのか、健康状態はどうなのかもおよその推測がつく。巻紙の文字は、墨の勢いに淀《よど》みがない。心身ともに健やかなことと、弾むような若さが感じ取れた。

「佐保です」

と、稀代は答えた。

「諳んじなさいと命じたら、書き写すのが一番だと。こうやって一度書いただけで、覚えてしまったのですよ」

「それは凄《すご》い」

「ええ、たいした子です。少しは音を上げるかと思ったのに、なかなかどうして」

感心したと言わんばかりの稀代の様子に、元胤は思わず笑みをもらした。

「なんですか。何か可笑《おか》しいですか」

「いえ、失礼いたしました」

「だから、何です。おっしゃい」

「……母上も人を褒めるのだなと思いまして」

「ま、そのような。人聞きの悪いことを」

稀代は一瞬、むっとした顔《こ》になったが、すぐに可笑しそうに笑ってみせた。

「ついでに言うと、あの娘の作るものはどれも美味《おい》しい。あれこれ、献立に口を出したがるのはどうかと思いましたが、今では何を作ってくれるのか、楽しみです」

「それは私も。昨夜の山芋の団子汁も旨《うま》かったなぁ。ふわふわと餅《もち》のようで」

「ええ、本当に」

昨夜、佐保は、元胤があまり食欲がないのを気にして、是非とも食べて欲しいものがあると、賄いを買って出たのだった。

丁寧に擂《す》り下ろした山芋に片栗粉を混ぜたものを一口大の団子状にして、沸騰直前の出汁《だし》汁の中にそっと落とす。ぐらぐら煮すぎないように注意しながら、火を通すと、団子の色が白濁から少し透明になってくる。そこで火を止めると、ふんわりとやわらかく、もちっとした食感の団子が出来上がる。それに彩りよく、大根や人参を一緒に煮たのが、佐保特製の山芋の団子汁であった。

山芋は生薬としては、署豫《しょよ》・山薬《さんやく》と呼ばれる。滋養強壮に富み、消化を助けて胃腸を丈夫にする効用があり、胃腸が弱く痩《や》せがちで食欲不振の元胤には最適といっていい食材であった。

「あの娘は私には、菊花の酢の物をしきりに勧めていましたけれど、あれは何に効くんですか。私に何が足りぬのでしょう」

菊花のさっぱりとした爽《さわ》やかな香りと、甘酢の甘みは心を落ち着かせる。つまり、苛々《いらいら》しがちの稀代にはぴったりの一品と言える。

「さて、何に効くのであったかなぁ。あ、すみません。用事を忘れておりました」

元胤はごまかすように慌てて腰を浮かした。

「あ、話がまだ。元胤どの、少しだけ」

と、稀代が呼び止めた。

「明後日からは、佐保さんの医学館への出入りを許そうと思うのですが、よろしいですか」

「ええ、もちろん。佐保さんも喜びましょう」

「よろしいんですか！」

稀代から医学館への出入りを認められて、佐保の声が思わず大きくなった。

「ええ。あちらのお台所には、田辺耕三郎という御方がおられます。話は通しておきましたから、ご迷惑のないようにね」

初日に挨拶《あいさつ》を交わした方だと佐保は思った。あの時の、包み込むような温かな眼《まな》差《ざ》しが目に浮かぶ。

「それから」

と、稀代は話を続けた。

「医学館は殿方の場です。同席は許されないでしょうけれど、襖越《ふすま》しにでも勉学はできます。がんばりなさい」

「はい、ありがとうございます！」

うれしくてならない。

どういう形であるにせよ、やっと、やっと勉学ができるのだ。

こういうのを飛び上がりたいというのだろう。足下がふわふわして、どこまでも飛んで行けそうな気がする。何をしていても笑顔になる。

佐保は、いつもは一番嫌いな洗濯を、率先して引き受けた。


「にやにやと、変な奴だなぁ」

突然、横から声がして、佐保は驚いて声の主を見た。元堅だ。

「褌《ふんどし》を洗いながら、何を笑っているんだ」

「それは……」

と言いかけてから、佐保は口をつぐんだ。

「なんだよ」

「元堅さまたちと無駄口をきいてはならぬと言われておりますので。何か御用でしょうか」

佐保は紋切り口調で尋ね、元堅は、少し不満げな顔になった。

「誰がそんなことを言ってるんだ」

「大奥さまです」

「母上か……」

そう呟《つぶや》くと、元堅は不承不承という感じで頷《うなず》いた。

「で、ご用はなんでしょう」

「別に用というわけではないが」

と、懐から大事そうに颯太から預かった飴《あめ》の入った包みを取り出した。

「……預かった、これお前にって」

「はい？　誰からですか」

「言わぬ約束だ。それとこっちは」

と、元堅はもう一袋取り出した。

「俺から。やる。受け取れ」

「えっ？」

そう言われても、洗濯物で手はびしょ濡《ぬ》れで受け取ることはできない。
佐保は、褌を手に持ったまま、どうしたものかと迷った。
すると、元堅は佐保の袂《たもと》へ強引に二つの包みを押し込み、すぐにきびすを返した。
「あ、はい。ありがとうございます」
何を入れてくれたのか、わからぬままに、佐保は礼を言って、見送った。
佐保は手を拭《ふ》いてから、紙包を取り出し確かめた。
「……まぁ……」
思わず笑みがこぼれてしまう。
可愛らしい梅の花が描かれた包み——元堅がくれたのは『紅梅屋』の塩豆大福だ。
そして、もう一つは、飴の入った袋だった。
送り主の名は言われなかったが、佐保にはそれが颯太だとすぐにわかった。
幼い頃、飴売りの声がすると、一緒によく買いに走ったからだ。
あの頃の颯太の顔が思い浮かんだ。
佐保は、飴を一つつまむと、口の中に放り込んだ。
優しく懐かしい味がして、疲れがすーっと消えていく。
「ありがとう、颯ちゃん、私、頑張ってるよ」

佐保は、そう呟いた。

「本当に大丈夫かい、こんな所で」

聴講を許された佐保をそう言って気遣ったのは、賄い方の田辺耕三郎であった。

田辺は、男性たちと同席ができない佐保のために、隣の部屋のふすま越しに、勉強場所として小さな文机《ふづくえ》を用意してくれていたのである。

「十分です。ありがとうございます」

と、佐保は丁寧に頭を下げた。

文机の上には、硯《すずり》と筆、紙も用意されてあった。これらを片手の不自由な田辺がわざわざ吟味してくれたのかと思うと、ありがたさが先に立った。

小さな文机だが、ここは私のお城だと佐保は思った。

「それから、これを進ぜよう」

さらに田辺はそう言って、数冊の本を佐保の前に並べた。

『本草《ほんぞう》』『難経《なんぎょう》』『傷寒論《しょうかんろん》』など、これから学ぶ医書である。

どれも田辺自身が写本し、勉学に使ったものらしく、書き込みもあった。

「え、でもこんな大切なもの」

「私はもう要らぬから」

「では、お借りして写しを取らせていただきます」

と、佐保は答え、ありがたく押し頂いた。

写本すれば、自然と頭に入る。勉学にもちょうどいい。

「そうしたければすればよいさ」

田辺は微笑んだ。

「後で、台所の仕事もお手伝いします」

佐保は張り切っていた。


一方、その日の夕餉《ゆうげ》の時刻、いつものように食事へとやってきた元堅は、何か、いつもと違う気がして、座敷を見渡した。

兄の元胤はさきほど江戸城からの使いが来たので、姿がない。まぁ、これはよくあることで、さほど珍しいことではない。あとはいつも通り、稀代の横には志津がいて、女中頭の芳が皆のご飯をよそっている。

「あ、そうか」

いつもテキパキと給仕をしている佐保の姿がないのだ。

「そんなところに突っ立っていないで、早くお座りなさい」

と、稀代の声が飛んできた。

「あ、はい……」

慌てて座ったものの、膳《ぜん》を見て、また思わず声が出た。

「あれ？　今日はこれだけか」

一汁一菜、焼き魚に大根おろしが添えられただけの素っ気ない食事だ。

口の中で小さく呟いたつもりだったが、志津がちらりと元堅を見た。

「佐保さんなら、医学館に行かれましたゆえ。私の献立でご辛抱を」

ツンとした顔で言われてしまった。

元堅はこの兄嫁がどうも苦手である。普段文句の一つも言わず、大人しく、従順そうに見せてはいるが、年下の元堅に対してだけは時折こうして、ちくっと嫌味を言ったりする。

志津が内心でいつもどんなことを考えているのかと、想像しただけで胃が痛くなりそうだ。

「いえ、そんなつもりは。わぁ、旨《うま》そうな鰯《いわし》だなぁ」

元堅はわざとらしく笑顔を作り、魚にかぶりついた。

第三話　夫婦相和し

一

かまどの大釜《おおがま》からいかにも旨そうな匂いが漂いだした。

赤児泣いても蓋《ふた》取るなと、教えられた通り、佐保はその瞬間をじっと待っていた。

「もうそろそろ良いはず」

佐保は独りごちると、そっと蓋を持ち上げた。

ふわっとした白い湯気とともに、炊きあがった飯と栗の香が立ちのぼる。

「おお、旨そうだな」

匂いに誘われたのか、賄い方の田辺耕三郎が横から覗《のぞ》き込み、目を細めた。

「これだけの栗を剝《む》くのはさぞ、大変だったろう」

「はい。でも、せっかくいただいたものですし、秋に一度は、栗ご飯を作らないと」

佐保は、ほっくりと炊きあがった栗をしゃもじで潰《つぶ》し、飯と混ぜながら答えた。

この栗は、治療の御礼にと、近在の百姓が持参したものであった。

栗を料理するのは手間がかかる。

外側の硬い殻はそのままでは剝きにくいので、一昼夜水に漬けてから、割るようにして剝く。このとき、包丁が滑って指を傷つけないように気をつけなくてはいけない。外側の殻の先には渋皮と呼ばれる茶色の皮が待っている。これをなるだけ薄く剝く。小さく丸みを帯びた実は剝きにくい。少し剝くだけでも、手も指も痛くなる。そこを我慢しながら、佐保は籠《かご》いっぱいの栗を一人で剝いて、栗ご飯を作ったのである。

「佐保さん、栗の効能がわかるかい」

耕三郎はこうして問いかけることで、佐保の勉学修業を助けてくれる。

「血の巡りを良くして、脾《ひ》と腎《じん》を補い、気力を増します」

佐保は頭の中で、写し覚えたばかりの項目を思い浮かべた。

本道（漢方内科）では、脾は胃腸、腎は生命力・精力の要《かなめ》を意味する。

栗は昔から、『栗の木の下で栗の実を食べると足腰が立つ』といわれるほど身体に良いものとされた。

生薬としては栗子《りっし》と呼ばれ、主に気を益《ま》し、胃腸を健やかにし、腎気（精気）を補い、飢えに耐える体力をつけるとする。実だけでなく、渋皮、殻、花、葉、イガ、樹根に至るまで、それぞれ薬用に用いられるのであった。

佐保の答えに耕三郎は頷《うなず》いた。

「夏の暑さで疲れ切った身体にも有り難い山の恵みというわけさ。熊は、栗をたらふく食べて、冬眠に備えるそうだよ」

「まぁ、栗の殻をかみ砕くとは、熊とはよほど、強い歯をしているのですね」

と、佐保は感心したような声を上げた。包丁を握り続けたせいか、指がまだ痛い。

「そうだな。熊は胡桃《くるみ》の殻でも平気に食べてしまうから、栗など簡単なものさ」

「そうなんですね。胡桃といえば、ちょうど胡桃味噌《みそ》を戴《いただ》いたところです。あれで、青菜を和《あ》えましょうか」

胡桃も栗と同じく、腎を補う。さらに健脳にも効くとされた。

「瑞峰先生が、自分は胡桃を食べているからぼけず、元気でいられるのだとおっしゃっていましたけれど、本当でしょうか」

「効能はたしかにそうだが、先生は、酒の肴《さかな》が欲しいのだと思うよ」

と、耕三郎が笑った。

砕いた胡桃を甘味噌と合わせた胡桃味噌は、そのまま、酒の肴にしても旨く、またどんな料理にも合った。

「今日の晩飯は栗ご飯に胡桃味噌の青菜和えか。うちの熊共もさぞかし大喜びだろうな」

「熊？　うちに熊が出るのですか？」

「ああ、佐保さんが来てからというもの、用もないのに、のそのそと、台所に来たがって困るわ」

耕三郎は最後の方をわざと大声で言いながら、後ろへと目をやった。

柱の陰にいた若い学生が二人ほど、慌てて逃げていく。

「まぁ、逃げ足の速い熊さんだこと」

佐保は可笑《おか》しそうに笑い声を上げた。

佐保が医学館で賄いの手伝いをするようになって、そろそろひと月、台所を所狭しと楽しげに、きびきびと働く佐保の姿は、医学館の学生たちの間ですぐ評判になった。

「賄い係に若い娘がいるぞ」

「おう知っている。なかなかに愛らしい顔をしている」

「そりゃ、まことか！」

という具合で、佐保をひと目見ようと台所を覗きに来る学生が後を絶たない。

今も、逃げていく学生たちを見送って、耕三郎は、「やれやれ」と溜息《ためいき》をついた。

佐保はといえば、全く意に介していない様子で、青菜を茹《ゆ》で始めた。

当初、瑞峰から、若い娘の佐保を預かるように言われた時には、何かあっては大変と案じたものだった。が、佐保は勉学好きで男たちには見向きもしないので、耕三郎は一安心していた。

「まいった、まいった」

頭を掻《か》き掻き、講堂へと戻ってきた仲間を見て、多紀元堅は声をかけた。

「どうかしたのか。そんなに焦った顔で」

「おお、そうだ。元堅お前、あの娘と話すことがあるのか」

「娘？」

「ああ、あの賄いの娘だ。多紀家の女中だと聞いたぞ」

また、佐保のことかと、元堅は苦笑いを浮かべた。

このひと月、何人から同じことを言われただろうか。

「佐保は行儀見習いをしているだけで、女中ではない」

と、元堅はなるだけ素っ気なく答えた。

「佐保というのか、あの娘」

「だが、多紀家で寝起きしているのであろう」

「まあな」

「なぁ、あの娘、吉原から来たというのはまことか」

と、誰から聞いたのか、好色そうな顔で聞いてくる輩《やから》もいる。

そういうとき元堅は、わざと渋い顔で「知らぬ」と言うことにしていた。

佐保が吉原から来たのは本当のことだが、遊女ではないといちいち言うのも面倒くさい。それに、颯太から、「変な目に遭わせないでくれ」と頼まれたというのもある。こういうことは隠しておいた方がよい。

「佐保は、瑞峰先生からの預かり者だ。あの娘は料理上手で、養生に適しているものが自然とわかるらしい。とにかく、瑞峰先生はあの娘をえらく買っておられる。変な手出しをすると、破門どころでは済まぬぞ」

瑞峰の名前を出して、そう答えておくと、大抵の者は肩をすくめて、それ以上は何も言ってこないのであった。

医学館の寄宿生たちは基本自炊をするというのが決まりだったが、食費を出すことで食事の提供を受けていた。

入院患者も自炊が認められてはいたが、食事療法が必要な者も多く、台所はいつも大忙しであった。食材はあればあるだけ有り難い。

中には、以前病気や怪我を治して貰《もら》った御礼にと、自分の田畑で収穫したものを持ち込む者もいたが、そんなことで間に合うはずもない。

賄い方の耕三郎は、良い品であれば来る物売りは拒まずだったので、医学館の賄い方には、自然と多くの物売りが出入りするようになっていた。

明るい佐保はそんな物売りたちからも人気者になっていた。

「佐保ちゃん、この大根はどうだい？　ほれ、旨《うま》そうだろう」

「じゃ、こっちの青菜もおまけしといて」

「え〜。まいったなぁ、佐保ちゃんにそんな目で見られたら、おまけをつけないわけにはいかねぇしな」

「ようよう、佐保さんよ、その大根にこいつを合わせて炊くのはどうだい」

八百屋に負けじと、魚屋が、佐保に向かって、大振りの魚を見せた。

「ほれ、活《い》きがいいだろう。旨いぞぉ」

魚屋は佐保のために持ってきたんだと言わんばかりだ。

「貰った！」

「そうこなくっちゃ」

若い物売りたちが佐保を奪い合うようにして、荷を置いていく。

その間を縫うように、

「はいはい、ちょっと退《ど》いとくれ」

と入ってきたのは、お勝《かつ》という鰯《いわし》売りの女房であった。

「佐保ちゃん、今日は良いのが入ったんだよ」

その後ろでは、亭主の要蔵《ようぞう》が荷を解き、ぴかぴかに銀色に光った鰯を取り出した。

鰯は庶民の食べ物として人気が高い。

安価な上に旨いだけでなく、気を補い、苛々《いらいら》や不眠の効用に優れていた。

「わぁ、光ってきれい」

「そうさ、脂が乗って旨そうだろ」

と、お勝は自慢げに答えた。

「〆粕《しめかす》もほら、たっぷり持ってきたから」

〆粕とは、鰯の油を絞った後の絞りかすのことで、畑の良い肥料として重宝されるものであった（鰯の油は行灯《あんどん》に使われた）。

「薬草係の人が言ってましたよ。お勝さんたちが持ってきてくれる〆粕が一番質が良いって」

「へぇ、そりゃうれしいね、これはね、うちの親戚《しんせき》が作ってるんだ。あんた、おまけしてあげてよ」

「おう」

要蔵夫婦は共に三十半ば。夫婦は棒手振《ぼてふ》り行商から身を起こし、今は浅草の向こうで、小さな店を構えているのだが、以前、要蔵が出先で腹痛を起こし、医学館に担ぎ込まれて治療を受けてからというもの、こうして、鰯や〆粕を持ってくるのである。

亭主の要蔵は、背丈こそ低いががっしりとした体格の男で、人見知りかと言うほどに口数が少ない。それに引き替え、女房のお勝は明るく話し好きで女の割には背がひょろりと高い。背格好も性格も正反対。いわゆる蚤《のみ》の夫婦、凸凹の二人だが、荷物を持つのは要蔵、客相手に売りさばくのはお勝と、上手《うま》い具合に分担し合っていて、とても仲が良い夫婦だ。

要蔵が若い頃、三つ年上のお勝にベタ惚《ぼ》れして女房にしたというのだが、お勝の方も「お前さん、お前さん」と、甲斐甲斐《かいがい》しく世話を焼く。

夏の暑い日など、二人して汗を拭《ふ》き合ったりして、独り者には目の毒で、口の悪い瑞峰などは、「おい、お前ら、仲が良いのはいいが、好《よ》い加減にしておかないと、いくら干し魚でも腐るぞ」と茶々を入れるほどであった。

夫婦は残念なことに子宝には恵まれなかったようだが、その分、二人して気が若い。特にお勝はさっぱりとした気性で誰からも好かれ、佐保もお勝が来るのを心待ちにするようになっていた。

二

誰の目から見ても仲が良いと思われた要蔵お勝夫婦の異変に、最初に気付いたのは、元堅の長兄で、多紀家の当主、多紀元胤であった。

元胤は、医学館督事(館長)の御役の他に、江戸城奥医師という大事なお役目を担っていた。医学館の仕事があるため、平時は登城しなくてもよい寄合医師という立場ではあったが、月に何度かは出仕御用を勤める。

　その日、元胤は出仕御用の一つとして、小伝馬町《こでんまちよう》の牢屋敷《ろうやしき》へ向かうことになっていた。囚人たちの病を検分し、薬を出すためである。

　医学館から小伝馬町までは神田川を渡って南へすぐ、六町（約六五〇メートル）ほどしか離れていない。

　用事が早く済んだので、元胤はその足で、湯島《ゆしま》の昌平坂《しようへいざか》学問所近くに住む旧友を訪ねることにした。少し遠回りにはなるが、前々から医学書を見せてもらう約束をしていたからである。

　神田川に架かる昌平橋を渡ると、こんもりとした森の中に、青銅葺《ぶ》き、入母屋《いりもや》造りの立派な屋根が顔を見せる。それが学問所の目印ともなる孔子廟《こうしびよう》、大成殿《たいせいでん》だ。

　大成殿は、元禄《げんろく》三（一六九〇）年、五代将軍徳川綱吉《つなよし》が儒学の振興を図るために、上野忍岡《しのぶがおか》にあった林《はやし》家（祖は儒学者として高名な林羅山《らざん》）の私塾をこの地に移すことにし、創建したものである。

　昌平坂学問所と名を改めたのは、寛政九（一七九七）年、幕府直轄の学校と定められた時で、医学館が幕府直轄となった六年後のことであった。

儒学・漢学を中心とした教育をおこなう最高峰の場であり、直参のみならず、藩士、郷士、浪人に至るまで聴講入門を許可し、広く門戸を開いていた。

もちろん、元胤もここで儒学や漢学の基礎を学んだ。

この学問所の敷地内には、古来中国での農業と医薬の神、神農を祀《まつ》った廟があったとされる。神農は人々に農耕を教え、植物を自ら口に含んでその毒性や薬効を調べて教えた。医学を志す者にとって、大切な神であり、医学館にも同じく神農廟が建てられてあった。

元胤は、孔子廟と神農廟に参ってから、旧友が住む学問所の裏手へと向かった。

この辺りには小普請組の屋敷などが並んでいる。

一筋奥へと入ったところには、日本武尊《やまとたけるのみこと》とその后、弟橘媛命《おとたちばなひめのみこと》を祀った妻恋《つまこい》神社があった。弟橘媛命は、日本武尊が乗った船が暴風雨に遭い難破しそうになった時、「身代わりとなって、海の神の心を鎮めましょう」と自ら海に飛び込んだとされる。

いわば、貞女の鑑《かがみ》を祀っている神社として、江戸っ子の間では有名で、妻恋という名からも、夫婦円満、縁結びの神さまとして人気があった。

元胤は妻の志津が妻恋神社のお守りを欲しがっていたことを思い出し、立ち寄ることにした。

神社の名から取ったのか、妻恋坂と呼ばれる緩やかな坂を登ったところに、小さな社があった。鳥居をくぐると、本殿の前で女が一人、一心に祈っている姿が目に入った。何やら洟《はな》を啜《すす》り、泣いているようでもある。

気配に気付いたのか、女が振り返った。やはり、目が赤く、睫毛《まつげ》が濡《ぬ》れている。

「ん……」

元胤はその女の顔に見覚えがあった。女も同じだったようで、

「あ、先生」

と、慌てて涙を拭《ぬぐ》うそぶりをみせ、深々とお辞儀をした。

「その節はうちの人がお世話になりまして……」

「ああ」

女は鰯《いわし》売りの要蔵という男の女房だったと元胤は思った。

確か、名はお勝。亭主の要蔵が急な腹痛で担ぎ込まれた折、このお勝が付きっきりで、甲斐甲斐しく介抱をしていた姿が思い起こされた。

「死ぬんですか！　この人死んじゃうんですか！　お願いします。助けてください」

お勝は必死に叫んでいたが、要蔵の病状はただ単に食べ過ぎからの腹下しであった。服薬して安静にさせると、すぐに治った。

「もう嫌ですよ。この人は。大げさに痛がるもんだから」

と、安心して笑っていた姿も目に浮かんだ。

「ありがとうございました。本当にありがとうございました」

と、元胤や瑞峰に何度も礼を言い、あの時は愛想良い女だと思えたが、今は何やら疲れ切って、誰とも話をしたくない様子だ。

それでも元胤は敢《あ》えて、この女に話しかけることにした。

「いつも鰯を持ってきてくれるんだってね。ありがとう」

常々、母の稀代から、医学館に納めるものとは別に、多紀家に良い鰯を持ってきてくれるのだと聞いていたからだ。

「いえいえ、あんなものでよければ」

お勝はそう答えたが、やはり笑顔はなく、何か、深い心配ごとでもありそうだ。

大丈夫かとさらに問おうとしたが、お勝は顔を伏せ、

「失礼いたします」

と、小走りで、去ってしまったのだった。

「お勝さんが泣いていた？」

夕餉《ゆうげ》の時に、元胤は稀代に妻恋神社でお勝に会ったことを話した。

「ええ。何やら思い悩んでいる風情でしたが、私には言いたくない様子で」

「お勝って、鰯売りの女房でしょう？」

と、元堅が鰯の丸干しを旨《うま》そうに頬張りながら、元胤に尋ねた。

「ああ、そうだよ」

「旨いですよね、この鰯も」

と、元堅は食べる方に夢中だ。だが、話を聞かされた稀代は、箸《はし》を止めた。

いつも元気なお勝がなぜ泣いていたのか、気になったのだろうと、給仕をしていた佐保は思った。

佐保にしても、お勝のことが気がかりであった。

「わかりました。今度来た時にでも訊《き》いてみましょう」

と、稀代がようやく口を開いた。

「でも、大奥さま。そういえば、近頃、お勝さんを見かけません」

と、女中頭のお芳が口を挟んだ。

「そうなの？　では医学館にも？」

と、稀代は佐保にも尋ねた。

「はい。今日は要蔵さんが鰯を持ってきてくれましたけど。一人きりでした」

「何かあったのかしら」

稀代が心配げに吐息をついた。

「おかしいですね」

お芳も心配そうに相づちを打ったのだった。

それから数日後のことである。佐保が医学館の台所で賄い仕事をしていると、要蔵がぬそっと一人で現れた。いつものように、鰯とメ粕《しめかす》だけを置いて帰ろうとする。

佐保は慌てて声をかけた。

「あれ、今日もお勝さん、お休みですか？」

すると、要蔵は曖昧《あいまい》な笑顔を浮かべて、頭を掻《か》いた。

「へぇ、まぁ」

「具合でも悪いんですか」

「そういうわけじゃねぇんですが……」

要蔵は話しづらそうに口ごもった。

そこへ、多紀家の方から、稀代が顔を出した。

「ああ、要蔵さん、ちょうど良かった。あれ、今日、お勝さんは？」

「ああ、大奥さま、あれは、そのぉ」

と、要蔵はまた言葉を濁した。

「ちょうどね、これは仕立て直しなのだけれど、お勝さんにどうかと思って」

と、稀代は手に持った風呂敷《ふろしき》包みを少し広げてみせた。

細い縞柄《しまがら》の着物と帯——稀代は時折、こうやって自分の着物を気に入った人に贈るのである。

「ああ、いやそんな勿体《もったい》ねぇ」

「いいんですよ。もう私には合わない柄だし。持って帰ってくださいね」

「あ、いやぁ、そのぉ。じゃ、今度、あいつが顔を見せに来た時にでも、渡してやってもらえたら」

と、要蔵は少し顔をしかめて受け取るのを嫌がった。

「どうしてです？　渡してくれればよいだけですよ」

「いや、そのぉ」

要蔵は煮え切らない返事を繰り返した。

「なんです。はっきり仰《おっしゃ》いなさい」

佐保の目から見ても、問い詰めるときの稀代は怖い。稀代本人にはそんな気がないのかもしれないが、言われた方は叱られているような気分になる。

要蔵もそのようで、弱り顔で生唾《なまつば》を一つ、ごくんと飲み込むと、小さな声でこう告げた。

「……あいつとはそのぉ、顔を合わせたくねぇんで」

「はい？」

「ですから、縁切りだと思ってるんでさ」

「縁切り？　正気ですか！」

稀代の声が裏返った。佐保も驚いて、思わず、

「どうして、そんな」

と、要蔵を見た。だが、要蔵は、

「これ以上は勘弁してくだせぇ！」

と言うなり、逃げるように走り去ってしまったのであった。

「どうしたんでしょう。一体」

と、佐保は思わず呟《つぶや》いた。お勝が妻恋神社で泣いていたのは、このことが原因なのだろうが、なぜ、そんなことになったのか。不思議で仕方がない。稀代も同じ気持ちらしく、ふーっと吐息をついて、どうしたものか、思案しているようであった。

「あのぉ、よければ、私がお勝さんの様子、見て参りましょうか」

今日は昼からの講義がない。一刻《とき》（二時間）ほどなら、出かけても差し障りはないはずであった。

「そうねぇ」

と、稀代は頷《うなず》きかけたが、すぐに自分も行くと言い出した。

そうして、賄い方の耕三郎に、佐保を連れて出てよいかと尋ねた。

「もちろんでございますよ。お供にお連れください」

こうして、耕三郎の快諾を得て、佐保は稀代のお供でお勝の家を訪ねることになったのであった。

お勝と要蔵の店兼住まいは、大川沿い、浅草の駒形《こまがた》堂にほど近い花川戸《はなかわど》にあった。医学館からは、北東に直線距離で二十町ばかり（約二・二キロメートル）。女の足でゆっくり歩いても半刻（一時間）もかからない。

日本武尊が祀《まつ》られているという鳥越明神《とりこえ》を過ぎてしばらく進むと、白壁の大きな蔵が建ち並んでいるのが目に入ってくる。ここが幕府の米蔵、浅草御蔵であった。幕府から下級旗本に給金として配られる扶持米《ふち》が全国から集められているだけあって、それはそれは立派な蔵が建ち並んでいる。

そこから大川沿いにさらに進むと、右手に駒形堂が見えてきた。駒形堂は浅草寺のご本尊である観音さまがここで引き上げられたことを記念して建立された御堂となる。

左手は材木町といって、その名の通り、木材や竹などを扱う店が並ぶ。

この辺りから浅草寺にかけては広小路（現在の雷門通り）となっていて、人通りも多く、賑《にぎ》やかな盛り場になっていた。

「あっ」と、佐保は小さく声をあげた。

浅草寺の五重塔が目に飛び込んできたからだ。

あの裏手、田圃《たんぼ》を抜けたそこにはお歯黒どぶに囲まれた吉原がある。

佐保の脳裏に、玉屋のみなの顔が浮かんできた。

厳しいが優しかった山三郎のお父さん、

別れ際、「寂しくなるね」と泣いてくれた遣《や》り手のお梶さん、何かにかけて気遣ってくれた美しい玉紫花魁《おいらん》。賑やかな音曲、華やかな女たちの笑い声、白粉《おしろい》の匂い、廓《くるわ》のざわめき、そして、生意気だけど、寂しがり屋の颯太……。

懐かしさと切なさが混ざり合い、波のように押し寄せてきた。

ざぶんと水の中に浸《つ》かったように、鼻の奥がつんとなり、佐保は息を呑《の》んだ。

稀代が足を止めた佐保に気付き、振り向いた。

「どうかしましたか」

稀代に問われ、佐保は慌てて首を振ってみせた。

大川沿いに花川戸を過ぎてもう少し北へ向かえば、聖天町《しょうでんちょう》へと至る。

そうすれば、廓へと続く土手、日本堤が現れるはずだ。

かつては辻《つじ》斬りが出たといわれる少し寂しい土手。しかし、佐保にとっては幼い頃から過ごした吉原へと続く道であった。

駆けていきたい。今すぐあの場所に。みんなに会いたい。会って話をしたい――。

だが、そこにはもう自分の居場所がないことも、佐保にはわかっていた。

要蔵とお勝の店がある花川戸は歌舞伎でもお馴染《なじ》みの町奴《まちやっこ》、幡随院長兵衛《ばんずいいんちょうべえ》が口入れ屋を開いていたとされ、履物問屋が多く軒を並べているところでもあった。

要蔵たちの店も以前は下駄屋だったらしい。棒手振《ぼてふ》り行商でこつこつと貯めた金で買い取ったのだと、以前、佐保はお勝から聞いたことがあった。

こぢんまりとしたささやかな店だが、要蔵たち二人にとっては夫婦で作った宝のような店のはずだ。だが今、店の板戸は閉じられていて、「しばらくお休みいたします」の張り紙があった。

「たしか、裏手に住まいがあると言っていたはず」

佐保はそう呟くように言って、稀代共々、店の裏へと回った。

裏の木戸から覗《のぞ》くと、お勝らしい女が一人、一所懸命、洗い桶《おけ》で洗濯をしている姿が見えた。

「ごめんくださいまし、お勝さん、いるのでしょう」

「あら、佐保さん。まぁ大奥さままで!」

稀代の姿を目にしたとたん、お勝は驚いたような声をあげて手を止めた。

「こんな所まで、何か急ぎの御用でございましょうか」

稀代は頷くと、佐保に持たせていた風呂敷《ふろしき》包みを、お勝に渡した。

「これをね、あなたにあげようと思って」

お勝はおずおずと風呂敷包みを受け取った。

「見て頂戴《ちょうだい》。気に入ればいいのだけれど」

お勝は促されるままに、風呂敷包みを開いた。

「まぁ、これは大奥さまの」

「前に、この柄が好きだと言っていたでしょう」

お勝は着物を大切そうにそっと指でなぞっていたが、

「こんな大切なものを私にですか」

と、今にも泣き出しそうな顔になった。汗と相まって、お勝の顔はまるでいじめっ子に泣かされた子供のようだ。

「あらあら、どうしたのです。そのような顔をして」

稀代は懐から懐紙を取り出すと、お勝の顔に吹き出た汗をそっと拭《ぬぐ》った。

佐保にとっては厳しさだけが先に立つ稀代だが、ふとした時にみせるこうした面倒見の良さが人を惹《ひ》きつけるのか。頼りにしている者たちも多いのである。

「勿体《もったい》ない……」

お勝はそう呟くと、ついにおいおいと声を上げて泣き始めた。

「お勝さん、泣くほどのことでは」

と、佐保が口を挟もうとしたが、稀代はそっと首を振って制した。

お勝はひとしきり涙を流すと、涙を拭った。

「あいすみません」

お勝が一息ついたのを見て、稀代が問いかけた。

「何があったのです？ 良かったらおっしゃい」

稀代の口調は問い詰めるものではなく、優しかった。

「要蔵さんに尋ねても、さっぱり要領を得ないから、お前から訊《き》かなくてはと思ってね」

「あの人、何か言ったんですか」

稀代は頷《うなず》いた。

「夫婦別れを口にするとは、お前たちらしくもない」

それを聞いて、お勝はぎゅっと唇を噛《か》みしめた。

「何かよほどのことでもあったの？」

「いえ、たいしたことでは……」

「たいしたことがなくて、縁切りなど言い出さないでしょうに」

お勝は言い出しにくそうにしているので、稀代は重ねて尋ねた。

「もしや女のことですか」

「いいえ、滅相もない」

と、お勝は首を振った。

「ご承知のとおり、うちのは気の優しい人です。真面目に稼いでくれていますし、賭事《かけごと》をするわけでも女遊びをするわけでもありません」

「では何です？」

お勝は意を決したようにふーっと息を吐き、顔を上げた。

「……私が悪いんです」

「お勝さんの何がいけないっていうの？」

と、今度は佐保が尋ねた。お勝は佐保を見やると自嘲《じちよう》気味に笑った。

「私がね、ついつい要らぬことを言ってしまうのよ」

「要らぬこととは何です？」

と、稀代が尋ねた。

「妙に苛々《いらいら》としてしまうんです。あの人がやることなすこと、何やらもう、腹が立ってしまって」

最初は、ご飯の後の口のゆすぎ方だったらしい。

「ぶくぶくとした後にそのままゴクンと呑み込むんですよ、あの人は。それだけじゃないんです。箸《はし》の持ち方だって、こうねぶるようにするんですよ」

真似をしてみせるお勝を見て、稀代がふっと可笑《おか》しそうに笑った。

「大奥さま、笑いごとじゃないんですって」

「ごめんなさい。いえね、よくわかると思ったのですよ。夫婦を長くやっていれば、誰でも一度は通る道です」

「大奥さまもそうだったんですか？」

「ええ。一つ嫌になると、続けざまに嫌になる。私の場合はそうですね、元堅が生まれてしばらくした頃だったかしら。咳払《せきばら》いをされる度、腹が立ったことがありました」

思い出すように稀代は少し遠い目をした。どこか懐かしんでいるようでもあった。

「売り言葉に買い言葉、喧嘩《けんか》をしたとしても、本当に嫌になったわけではないのでしょう？」

「そりゃ、そうです。でも、私があんまり小言を言うもんで、あの人は、『そんなに俺が嫌なら、出て行ってやる』ってそう言って」

出て行けではなくて、出て行ってやるというところが、元々気が優しい要蔵らしいと佐保は思った。

「しょうがないわね。ま、それぐらいなら、すぐ仲直りできるでしょう」

稀代が溜息《ためいき》まじりにそう呟《つぶや》いたが、お勝は頑《かたく》なに首を振った。

「まだ、何かあるの」

稀代が尋ねると、お勝は頷き、

「うちの人が出て行きたいって言ったのは、そのことだけじゃないんです」

「どういうことです？　おっしゃい」

「……もう私が女じゃないから」

消え入りそうな声だった。

「月のものが上がったということ？　まだ早いでしょうに」

「そう思いたいんですけど、ここんとこなくて……」

「血の道にならいいものがあります！」

と、佐保は声を上げた。

血の道（生理）が不順で気分が苛々と落ち着かないときには、柚《ゆず》の蜂蜜《はちみつ》漬けやニラや酢を使うと良いのだ。

「甘味を摂《と》ると気が休まるし、柚の香りも気を健やかにします。それに」

と、佐保は嬉《うれ》しそうにお勝を見た。

「鰯《いわし》も血の道にはとてもいいんですよ」

「まぁ、そうなんですか」

売り物にしている割に、あまり食べていなかったとお勝は苦笑いを浮かべた。

「毎度のことで、なんだか、食べ飽きてしまって」

「なら、少し目新しく、焼いた鰯に刻んだニラと酢を合わせたタレをかけるというのはどうでしょう」

「美味《おい》しそう。でも、酢は切らしていて」

「だったら、柚でいいのでは？」

と、稀代が口を添えた。

「お勝さん、佐保さんの料理はなかなかのものですよ。佐保さん、美味しい物を作って差し上げて」

「はい。お勝さん、台所、お借りしていいですか？　一緒に作りましょう」

佐保は張り切って立ち上がろうとしたが、お勝は佐保の袖《そで》をぎゅっと握りしめた。

「ん？　台所、私が使ったらまずいですか？」

「いえ、そうじゃないけど……そうじゃないんだけど」

「だったら、何ですか？」

佐保が問いかけてもお勝は溜息をつくばかりだ。

「お勝さん、何なのです」

稀代が少し苛立《いらだ》ってきた。

「なんて言ったらいいか、そのぉ。若い娘さんに聞かせていいやら悪いやら」

「もうぉ、良いも悪いも話さぬことにはわからぬではないですか！」

ついに稀代がきつい口調になった。

「はっきりおっしゃい」

「は、はい」

お勝は慌てて背筋を伸ばした。それから、それはそれは小さな声で、

「……ないのです」

と言った。

「はい？　ないとは何が？」

「ですから、そのぉ……あれがないのです！」

「えっ、ですから月のものがないというのでしょ？」

稀代はお勝が言っている意味がわからないようであった。

「いえ、その、それはそうなんですが。つまりそのぉ」

「だから、何なんです！」

「はい！　うちの人とはさっぱりご無沙汰《ぶさた》なんですよ」

お勝は一気に言い切ってから、情けなさそうに笑った。

「まぁ！」

ようやく察した稀代の頬にさっと朱が差した。稀代は自らの手で口を塞《ふさ》いでから、慌てて今度は佐保の耳を塞ごうとした。

「平気です」

と、佐保は断った。

「存じております。男と女のことでしたら」

「あ、そう。そうでしたね。お前はその、あれでしたものね。ええ、ああ、あら、私としたことが、慌ててしまって」

妙に落ち着いている佐保と慌てた稀代の様子に、お勝は戸惑った様子だ。

お勝は、佐保が廓《くるわ》で育ったことをまだ知らずにいるのだ。

佐保はもう一度、大丈夫だというように頷《うなず》いてみせてから、こう問いかけた。

「要蔵さんにお願いするというわけにはいかないのですか」

「まぁ、佐保さん、何てことを言い出すの。はしたない」

と、稀代がとんでもないとばかりに首を振る。お勝も無理だと首を振った。

「そうですよ。いくらなんでも自分から誘うような真似、御女郎じゃあるまいし、できやしませんよ」

「すみません。変なこと言って」

佐保はそう言って、素直に頭を下げた。

そうか、そうなのだ。廓では、女が男を誘うのは当たり前。でも、それは稀代が言うように、はしたないことなのだ。

「佐保さんが謝ることじゃないけど」

と、お勝が溜息まじりに呟いた。

「とにかく、私は、もう女として見られてやしないんですよ。ならいっそ、別れてあげるのが、あの人への思いやりってもんかもしれないって、そう思えて」

最後はまた涙声になった。

お勝は要蔵から女として見られていないという鬱屈《うっくつ》が溜《た》まり、それをどこへ吐き出すこともできずに我慢し続けたあげく、心にもなく要蔵に当たり散らしていたのだろう。しかし、妻恋神社に詣《まい》って一人涙ぐんでいたことからも、お勝は本当は要蔵と別れたくないはずだと、佐保は思った。

三

その頃、元堅は兄元胤の使いで、日本橋の薬種問屋、東海屋《とうかいや》に出かけていた。

医学館には自前の薬草園があるとはいえ、それで使う薬の全てがまかなえるわけではない。遠国でしか採れないような生薬は買い求める。その一方で、医学館から作った生薬を卸すこともあり、薬種問屋とは密接な関わりを持っていた。中でも東海屋は日本橋でも指折りの大店《おおだな》で、医学館とは古くからの付き合いがあった。

「まぁ、まぁ、おっしゃっていただければ、こちらから伺いましたのに」

東海屋の主人は如才ない男で、言葉遣いだけは丁寧だ。しかし金勘定にうるさく、けちくさい顔をしていて、元堅はこの男があまり好きではない。

今も東海屋は、元堅が差し出した金子《きんす》を舐《な》めるように数えてから、

「確かに。今月はお早《はよ》う支払っていただき助かりました。いつもいつも、どうもありがとうございます」

と、慇懃《いんぎん》なほど深々と頭を下げた。口では早いと言ってはいるが、その実、今日持っていかなければ、催促が来たに違いないのだ。

武士は喰《く》わねど高楊枝《たかようじ》ではないが、多紀家は代々金勘定には疎い家柄である。普段の生活は質素倹約を旨としているが、医学、病《やまい》のこととなるとまるで金には無頓着《むとんちゃく》になる。生活に困窮している者からは、びた一文金を取らないくせに、薬も効くとなればどんな高価なものでも欲しい。金回りのことなど考えない。

その考えは、病人や学生からは歓迎されたが、取引先となる薬種問屋の中には眉《まゆ》をひそめる者もいた。

いざ支払いという時になって、金がないから少し待って欲しいと言われても、困るからだ。商人は金儲《かねもう》けをしてこそなのだから、当然といえば当然のことだ。

だが、多紀家の男たちはその辺りが無頓着で、薬が必要な病人がいるのだから、薬は使って当然。問屋も辛抱してくれて当然と考えているところがあった。

医学館が幕府直轄になってからは、支払いが滞ることは殆《ほとん》どなくなっていたが、東海屋は用心深さを隠さない。

「では、これにて」

用事が済んだから早々に帰ろうとした元堅に、東海屋は少し待って欲しいと言って、書き付けを取り出した。

「来月から、少し値を上げさせていただきたい薬をしたためております。ご存じのように夏が暑すぎましたゆえ、質の良いものは高くなってしまいます。どうしようもないのでございますよ。どうぞ、元胤先生にお目通しをとお渡しくださいまし」

口元は微笑んでいるようでいて、東海屋の目は笑っていない。

だとしたら、医学館から卸すものも値を上げて欲しいものだが、東海屋はそのことはおくびにも出さないのだ。

少しは値段交渉をすればよいのだろうが、元堅はそれが最も苦手ときている。

「あいわかった」

とにかくすぐにその場を去りたくて、元堅は書き付けを受け取ると、さっさと席を立ったのだった。

「あ〜、大福が食いてぇな」

東海屋の店を出てすぐ、元堅はほっとした途端に、甘いものが欲しくて仕方なくなった。このまままっすぐ帰るのも芸がない。これから、『紅梅屋』に寄って好物の塩豆大福を買いたい気分だ。

だがもう夕刻に近い。大福は既に売り切れているに違いない。回り道をして向かったのに買えないとなったときのことを考えると行く気になれない。

しかし、一度あの大福を想像してしまうと、口の中の収まりがつかない。

そうだ。せめて汁粉でも食べて帰ろう――。

と、元堅が、この辺りに甘味を出す茶屋はなかったろうかと、うろうろと通りを散策していた、その時であった。

元堅は、道の向こうから、要蔵が暗い顔をして歩いてくるのに気付いた。

「あれ、要蔵さんじゃないか」

「ああ、こりゃ多紀の若先生」

要蔵は元堅のことをこう呼ぶ。普段、口数の少ない男ではあるが、なぜか元堅には愛想が良い。元堅もこの男が嫌いではない。

「あれ？　要蔵さんちって、この辺りだったっけ？」

手ぶらの様子を見て、元堅はそう問いかけた。

「あ、いえ。今、ちょいと仲間の家に厄介になっていて」

「えっ」

「いや、そのぉ」

と、要蔵は口ごもった。何やら困った素振りをみせるものの、話そうとしない。

「そういやぁ、先日、兄がお前さんの女房を見かけたらしい」

「えっ、うちのを？」

「ああ、神社で泣いていたとか。要蔵さん、何か悪さでもしたのかい？」

少し茶化したつもりだったが、要蔵は「先生」と、すがりつくような目になった。

「な、なんだよ」

「どうしたらいいんですかねぇ。俺はもうぉ、わかんなくて」

「何が？」

「教えてくださいな、ねぇ」

「はぁ？　だから何が」

「頼みますよ」

と、要蔵は元堅の袂《たもと》を摑《つか》んだ。何が何だかよくわからないが、とりあえず、話を聞いてやるまで、返してもらえそうにない。

「わかった。わかった。どこかで、一杯ひっかけよう」

元堅は仕方なく、要蔵を誘った。

一方、お勝を強引に連れ出した佐保と稀代は、その足で瑞峰の居宅へと向かっていた。

お勝は病気ではないと言い張ったのだが、稀代が、お勝の身体を一度、ちゃんと診て貰《もら》った方がいいと言いだし、結局、お勝が顔見知りの瑞峰にならかまわないということで、診て貰うことを承知したのである。

瑞峰は、お勝の脈を取ったり、舌や目の色を見たりと、ひとしきり診察してから、こう告げた。

「うむ。やはり、『肝《かん》』の働きが弱っているようだな」

「肝でございますか」

と、お勝は戸惑いがちに復誦《ふくしょう》した。

「ああ、そうじゃ。苛々《いらいら》が募るのもそのせいであろう」

「先生のお見立てなら間違いはないでしょう。では、どうすればよろしいですか」

と、稀代がお勝の代わりに質問をした。

瑞峰は、後ろに控えていた佐保に目をやった。

「佐保さんはお勝さんから話を聞いて、何を作ろうと思ったんだい？」

「柚《ゆず》の蜂蜜《はちみつ》漬けが頭に浮かびました。気分がよくなるんじゃないかと」

「うむ、ご名答」

と、瑞峰は満足げに頷《うなず》いた。

「柚のさっぱりとした香りは気を巡らせる。冬至にはまだ早いが柚湯《ゆずゆ》に浸《つ》かるのもよい。頑《かたく》なになった身も心もほぐれるからな」

「まぁ、そうなんですね」

と、お勝が感心したような声を上げ、佐保を見た。

「せっかくだから、薬も処方しておいてあげよう。まぁ、何にせよ、のんびりと気を休めるのが一番じゃ」

「ありがとうございます」

お勝がほっとしたような声を出した時だった。

「先生！　いるんでしょ。瑞峰先生！」

と、玄関から元堅の大声が聞こえてきた。

どうも酔っぱらっているかのような声の張り上げようで、稀代がきっときつい顔になった。

「先生、いるんでしょ！」

「おい、待て。今行くから」

稀代の顔色を見た瑞峰が慌てて、玄関へ出て行こうとしたが、一瞬早く、廊下に元堅が現れた。やはり酔っている様子で、赤ら顔だ。

「やっぱり、いたいた」

「師に向かって、いたとは何事です！」

いきなり稀代の雷が落ちた。

「あっ、は、母上。な、なぜこちらに」

「お前こそなんです。元胤の使いに行ったのではないのですか！　そんな酔っぱらって」

「行きましたよ、もちろん、東海屋に。ちゃんと用事は済ませました」

「あのケチの東海屋が奢《おご》ってでもくれたか」

「いえ、そのそうではなく」

と、元堅は瑞峰に答えかけ、お勝と佐保が同席していることに気付いた。

「あれ、お勝さん、これはちょうどよいところに」

「はい。若先生、お久しぶりで」

と、お勝が答えると、元堅はお勝の横に座り込んだ。

「ついさっきまで、要蔵さんと飲んでいたのですよ」

「えっ、うちの亭主と」

「いろいろ聞いて、ついつい飲み過ぎてしまって」

元堅は眠たそうにあくびをした。

「いろいろってどのようなことを聞いたのです？」

と、稀代が詰問したが、

「いろいろはいろいろで……その、夫婦のこととか、その、ふふ」

「もうぉ、しっかりなさい！　元堅！」

稀代が叱りつけたが、良い気分で酔っぱらっている元堅は、にやにやと一人笑いを繰り返すばかりだ。

「佐保さん、水を。盥《たらい》に水を持ってきて」

「はい」

稀代に命じられて、佐保は水を汲《く》んできた。

「元堅をこちらへ。先生、先生も手伝ってください」

やれやれと、瑞峰が腰を上げた。

「少し、寝させてやればいいものを」

「駄目です」

稀代は瑞峰とお勝にも手伝わせて、元堅を強引に庭先へと連れ出すと、佐保が持ってきた盥の水を頭からぶっかけた。

「う、うわぁ、な、何をするんですか！」

「強くもないのに飲み過ぎるからいけないのです。これで酔いも醒《さ》めましょう」

「母上、あんまりです」

元堅はびしょ濡《ぬ》れの情けない顔になったが、稀代は構わず、

「さぁ、要蔵さんが何を言っていたのか、おっしゃい」

と詰め寄った。

「わ、わかりました。今言いますから」

要蔵が元堅に話したのは、主に自分自身の体への不安であった。

「今年の初め頃から、疲れが取れないと言っておりました。寝汗も酷《ひど》く、夜もよく眠れないと」

そうなのかというように、稀代がお勝を見た。お勝は頷き、

「寝汗は、元々汗っかきな性分なのでさほど気にはしていませんでした。でも、そういえば、亭主は夜、よく厠《かわや》に立ちます」

「ということはお前さんも寝不足だな」

と、瑞峰が応じた。

「はい。私は目敏《めざと》い方ですので」

と、お勝が頷く。

「他には？　他に要蔵さんは言っていなかったの？」

「はぁ……」

元堅は遠慮がちに、お勝を見やった。

「どうぞ仰《おっしゃ》ってくださいまし」

と、お勝が促す。

「要蔵さんが言ってたとおりに言いますよ。私が言うんじゃないですからね」

と、元堅は前置きをした。

「良いから、早くおっしゃい」

と、また稀代が催促をした。

「では」

咳払《せきばら》いをすると、元堅は話し出した。

「情けない話ですが、疲れちまうと、どうにもあっちの方が言うことをきいてくれません。お勝の奴が不満に思っているのもよくわかるんですが、今日こそはって勇んでみようとは思うんですが、考えれば考えるほど、目眩《めまい》もする始末でさ。あいつは嫌味を言い出すし、そうなると、こっちもついつい言い返す羽目になる。軽くふざけてみようかと思っても、何考えてるんだって、きつく怒られそうに思っちまって……とまぁ、こんな具合で」

言い終わって、元堅は稀代やお勝の顔色を窺《うかが》うようなそぶりをみせた。

稀代もお勝もはぁと長い溜息《ためいき》をついたきり、何も言わない。

「なるほどなぁ」

と最初に口を開いたのは瑞峰であった。

「あのぉ」

と、次に恐る恐るという感じで、お勝が声を出した。

「うちの人はそのぉ、私のことなど嫌いになったとか、縁切りしたいとかそんなことを言ってやしませんでしたか」

「ないない」

と、元堅は顔の前で手を振ってみせた。

「要蔵さんは啖呵《たんか》を切って、飛び出た手前、帰りづらいとは言っていたけれど、別れる気なんぞ、これっぽっちもないよ、あれは」

元堅の答えを聞いて、お勝の顔がほころんだ。

「良かった」

と、恥じらいつつ呟《つぶや》く顔は恋する女の顔であった。

それを見て、稀代も嬉《うれ》しそうに微笑むのであった。

「先生、何かよい知恵はないものでしょうか」

と、佐保が瑞峰に問いかけた。

「ふむ。そうさな。山茱萸《さんしゅゆ》でも飲ませるか」

「さんしゅゆ？　それはどんなものですか？」

と、お勝が尋ねた。

「木の実だよ。実が熟すと赤くなるので、秋珊瑚《さんご》とか、山茱《やまぐみ》とか呼ぶこともある。

滋養に効くとされてな、酒に漬け込むと飲みやすい」

「ああ、山茱ならわかります」

と、お勝が嬉しそうに頷《うなず》いた。

「山に行って採ってくればいいんですね」

「医学館の薬草園にもありますよ」

すかさず、佐保が口を挟んだ。

「ちょうど実が色づいていたはずです」

「薬酒にするなら、焼酎《しょうちゅう》が良いのでしょう。用意させましょう」

と言ったのは稀代であった。

「おお、ならついでに儂《わし》の分も仕込んでくださらんか」

「はいはい。そう仰ると思っておりましたよ」

瑞峰が調子に乗り、稀代が軽く受け流し、場が和んだ。

みんなの笑い声を聞きながら、佐保は滋養に良い食べ物は他に何があるだろうかと考えていた。

栗はこの前、食べてしまったが、胡桃《くるみ》は味噌《みそ》にした残りがまだあったはず。

他には……。

「そうだ！」

佐保が声を上げたのを見て、瑞峰が嬉しそうに微笑んだ。

「また何か思いついたかい？」

「滋養をつけるなら、山芋はどうですか」

「麦飯とろろにするか、それはよい」

と、瑞峰が頷いた。

「麦飯に胡桃を混ぜたらどうかと思って。山芋は擂《す》ってから昆布の出汁《だし》でのばして、青のりをかけます」

「おお、それは旨《うま》そうだな」

するとそれまで黙って聞いていた元堅の腹がぐーっと鳴った。

「なんでお前の腹が鳴るのです」

と、稀代が大仰に顔をしかめてみせた。

「胡桃も山芋も、好物なんですよ。ご存じでしょうに」

「お前は何でも好物でしょう? 第一、お前に食べさせるものじゃありませんよ」

「そんなぁ」

つまらなそうな顔になった元堅を見て、佐保がくすっと笑った。

「しょうがないから、作って差し上げますよ」

「しょうがないはないだろう。私が要蔵から話を聞き出したのだぞ」

と、元堅が抗議した。

「そんな、手柄自慢の子供みたいなことを」

「はぁ、なんだと!」

睨《にら》みあった元堅と佐保を見て、瑞峰がハハハと大声で笑い出した。

「お前達はまるで犬ころのようじゃな」

「ほんに。しょうがない人たちね」

と、稀代にまでに笑われ、佐保と元堅は互いにそっぽを向いた。

それを見て笑っていたお勝が手をついて深々と頭を下げた。

「皆様、本当にありがとうございます。ほんに恩にきます。鰯《いわし》でよけりゃ、いくらでもいくらでもお持ちしますんで」

「そりゃ助かる。鰯ももちろん大好物だよ、お勝さん」

と元堅が応じた。

「では、元堅、鰯の効能を言ってみろ」

「え～っと、それは」

瑞峰の問いかけに元堅はぼりぼりと頭を掻《か》いた。

それを見て、佐保が横から答えを出した。

「補気《ほき》活血《かっけつ》、安神《あんじん》、明目《めいもく》ですよね」

鰯は気を補い血の巡りをよくし、精神を落ち着かせ、疲れ目にも効くという意味である。

「そう、それ、それ」

「そうそれではないわ。この馬鹿者が。食べてばかりおらんと、それぐらい覚えておけ！」

瑞峰に一喝されて、元堅は首をすくめ、稀代はやれやれとばかりに溜息をついたのであった。

四

医学館の南と東に面した庭には、薬草園が広がっていた。

秋晴れのこの日、佐保は瑞峰と共に薬草園に出た。

薬草係を任じられた者たちが世話をしている園内には様々な草花が生い茂り、四季折々に違う顔を見せる。今は、薄紅色をした儚《はかな》げな撫子《なでしこ》の花が風に揺れ、紫の穂のような葛《くず》の花の横には、黄色い女郎花《おみなえし》と青い桔梗《ききょう》が咲き誇っている。

薬草園に入った途端、佐保は「あっ」と小さく叫んで、立ち止まった。

どうしてだろう。私、ここを知ってる——。

父《とと》さまがそこに立っていて、振り返ってくれそうな……。

「ななくさ、なつな、とうどのとりが、わたらぬさきに、すととん、すととん」

つい、懐かしい歌が口をついて出た。

「ん？　それはどこの歌かな」

瑞峰に問われ、佐保は恥ずかしげに顔を伏せた。

「すみません。母《かか》さまが唄《うた》っていたもので、どこの歌かはわかりません」

「そうか。確か、佐保は父上から草の名を教わったと言っていたね」

「はい」

「では秋の七草を知っているかい」

瑞峰の問いに、佐保は「はい」と頷き、節をつけながら、こう答えた。

「萩《はぎ》の花　尾花《すすき》　葛《くず》花　撫子《なでしこ》の花　女郎花《おみなえし》　また藤袴《ふじばかま》　朝貌《あさがお》の花」

佐保が詠んだのは『万葉集』の中にある山上憶良《やまのうえのおくら》の歌である。

（歌の最後、朝貌は、夏の朝に咲く朝顔ではなく、桔梗だとされる）

一般的に、秋の七草といえば、春の七草のように粥《かゆ》で食すというよりは、花を見て楽しむものとされてはいたが、春と同じく、薬草が多く含まれている。

葛の花の根は、その名の通り葛根湯《かっこんとう》の処方に使われる。女郎花の根は消炎、排膿《はいのう》などの作用があり、藤袴には利尿効果があった。

「撫子もまた生薬となる」

瑞峰は、撫子の花が枯れた後の実を手でほぐした。

「この黒い種を瞿麦子《くばくし》といってな、おなごの血の道によいとされる。但し、子を孕《はら》んでいる場合は、流れることにもなりかねんでな。よくよく注意が必要なのだ。よくよく覚えておきなされ」

瞿麦子も消炎・利尿効果のある生薬であるが、通経すなわち、月経を促す効果にも優れていた。それはつまり、流産の怖れがあるということでもあり、妊婦には使ってはならない薬であった。

「わかりました。覚えておきます」

そう答えた佐保を見て、瑞峰は満足げに頷《うなず》きながら、話を続けた。

「よいかな、ここに植えてある草木は、何らかの薬効がある、つまり身体には良いものばかりだ。だが、中には毒となるものも含まれている」

「毒ですか」

「うむ。使い方を誤れば、死んでしまうこともある」

そう言って、瑞峰は、白や赤の愛らしい花を咲かせている日々草へと目をやった。

「この日々草も然《しか》りじゃ」

「こんな可愛い花に毒があるのですか？」

佐保は驚いて声を上げた。

「ああ。昔から、『沈静、安神、平肝』の治療に用いるとされている。だが、その一方で、量を間違えれば麻痺《まひ》や酩酊《めいてい》、嘔吐《おうと》を引き起こすこともある。下手をすれば命を落とす」

「…………」

佐保は返事もできず、ぎゅっと唇をかんだ。

「怖ろしいかい」

「……はい」

「それでよい。私たちの仕事はな、病に苦しむ人たちを助けることだが、そのためには薬を処方することが大切になってくる。薬というものは、強ければ強いほど、人の身体を良くも悪くもするということだ」

佐保は神妙な顔で聞いていたが、やがて、

「先生、私などが勝手に御献立を考えていて良いのでしょうか」

「これまで、佐保さんが扱ってきたものは、普段誰もが口にしてよいものばかりだ。よほど食べ過ぎることがない限り、悪さをするものではないよ」

「本当に？　大丈夫なんですね」

佐保はまだ心配なのか、念を押すように、瑞峰に尋ねた。

「そうじゃな。心配ならば、私や耕三郎に尋ねればよい。そうだ、私の部屋には、よい本がある。『神農本草経《しんのうほんぞうきょう》』といってな。今度読ませてあげよう」

「神農って、あの神農さまのですか？」

神農とは、古来中国での農業と医薬の神の名である。

医学館の講堂の裏には、その神農を祀《まつ》った神農廟《びょう》があり、佐保は毎朝、お詣《まい》りをしていた。廟の神農像は、二本の角がある牛の頭をして、木の葉で作った衣服を纏《まと》い、片手には草を払うための赤い鞭《むち》、もう片方の手には草や稲穂を持っていた。

「ああ、そうじゃ」

『『神農本草経』は千年以上も昔に作られた本でな。三百六十五種類の植物や動物、鉱物などをその作用に応じて、上中下に分類してある」

「上中下、三つにですか」

「ああ、無毒で普段から養生に使えばよいものを上薬《じょうやく》、滋養強壮に優れるが、使い方次第で毒にもなるものを中薬、病気を治すが毒が強く長く使うことを禁じるものを下薬としているのだ」

「上薬は、安心してみんなを元気に出来る食材ということですね」

「うむ、まぁそういうことだな」

「わかりました。心して勉強します」

「おお、それで、儂《わし》に不老長寿の料理でも作っておくれ」

瑞峰はそう言って、まるで自慢の孫娘を見るように目を細めるのであった。


木々がさらに色づきを増し、朝夕めっきり冬の足音を感じるようになった頃、要蔵とお勝の夫婦が以前のように仲良く二人揃って、多紀家に顔を見せた。

「こんなものも作ってみたんですよ」

と、お勝は佐保と女中頭の芳の目の前で、持参した重箱の蓋《ふた》を開けた。

中身は胡桃《くるみ》と小魚を甘辛く炊いた佃煮《つくだに》がぎっしりと詰まっている。

「良かったら、こちらでも召し上がってくださいな」

「まぁ、美味《おい》しそうな佃煮だこと。でもこんなに沢山いいのかしら」

と、芳が目を丸くした。

醬油《しょうゆ》と砂糖でつやつやと色よく仕上がった佃煮は食欲をそそる。

「本当にいいんですか」

と、佐保も問うた。

「はい。これぐらいしか御礼ができないもので。ねぇ、あんた」

「ああ」

と、お勝と要蔵は顔を見合わせ微笑みあう。二人とも晴れ晴れとした血色のよい顔色をして、見ている佐保も嬉《うれ》しくなってくる睦《むつ》まじさだ。

そこへ稀代も顔を出した。

「まぁ、来ていたの」

「ああ、大奥さま、あの節は本当にお世話になりまして」

と、二人が深々と頭を下げた。

「大奥さま、こんな美味しそうな佃煮を頂戴《ちょうだい》しました」

と、芳が口を添える。

「まぁ、礼などよいのに、二人が仲直りができて本当によかったこと。こうしてまた二人で来てくれてうれしいわ」

「はい。でも、また俺っちが一人で来ることになると思うんで」

「どういうこと？」

「いや、その」

「ねぇ」

と、要蔵とお勝は顔を見合わせ、何やらもじもじしている。

「何です。喧嘩《けんか》は終わったのでしょう？」

「あんた」

と、お勝が要蔵をせっついた。

「ああ、わかってるよ」

と、要蔵は返事をしてから、稀代に向かって居ずまいを少し正した。

「こいつが、その、何しまして。大奥さまには一番にご報告しなくちゃって」

「はい？」

「もう、あんた、そんな言い方、はっきり言わなきゃ、余計恥ずかしいよ」

お勝は要蔵の背中をポンと叩《たた》いてから、

「どうやら、授かったみたいなんですよ」

と、自らの腹を撫《な》でた。

「わ、凄《すご》い。おめでとうございます」

「あら、まぁ。良かったこと」

「そりゃ目出度《めでた》い。良かったね、要蔵さん」

佐保と、稀代、芳はそれぞれに喜びを口にした。

「へぇ、そんな次第で、こいつにはもう重いものは持たせるわけにいかねぇし」

と、要蔵はお勝をいたわるように見た。

横で嬉しそうにしているお勝の肌は艶々《つやつや》としていて、佐保の目から見ても、女らしさを増したように見える。

「少しぐらいならまだ大丈夫だよ、お前さん」

「駄目だ。用心しなくちゃ」

と、要蔵が真剣に怒るように言った。

「そうだよ、お勝さん、用心した方がいい。せっかく旦那《だんな》がそう言ってくれてるんだもの」

と、芳も言うと、稀代も、

「そうですよ、授かりものなのですから、用心なさい」

と、お勝を諫《いさ》めた。

「はい」と、お勝は素直に頷《うなず》いた。

「それにしても目出度いこと。で、いつ？　いつ頃です」

「それはまだ。でも近所の産婆は間違いねぇだろって、なぁ」

と、要蔵は嬉しそうにお勝の腹を見た。

「では瑞峰先生にも診ておもらいなさい。それから、そうね。産着の用意をしなくてはね。お芳さん、浴衣《ゆかた》の古いの、出して差し上げなさい。おむつはいくらあってもいいだろうし」

「はい、さっそく」

「まだ早《はえ》ぇですよ、大奥さま」

「あらそうぉ」

「でも、そんな風に喜んでもらえて私らもうれしいです。ありがとうございます」

もう一度、深々と礼をして、お勝と要蔵は仲良く帰って行った。

「良かった」

「ほんにね、羨《うらや》ましいぐらいに仲良しだねぇ」

佐保と芳が二人を見送っていると、稀代がはたと思いついた顔になり、

「佐保さん、今日は山芋にしてくださいい。それと、これから毎日必ず、志津のお膳《ぜん》に胡桃を出してちょうだい」

「若奥さまは胡桃はあまりお好きではなかったような」

と、芳が口を挟んだ。が、稀代は頑固に言い切った。

「好き嫌いはこの際言わせません。それから、この佃煮、元堅にみつかると勝手に

全部食べてしまうから、これは元胤と志津のものだとちゃんと言ってね。いいですか。いいですね」

「あ、はい」

「かしこまりました」

稀代は、佐保と芳に何度も念を押して、その場を去った。

やれやれと芳が溜息《ためいき》をつきながら、

「胡桃を食べたからって、あのお二人にも子が出来るってもんでもあるまいに」

「ああ、それであんなことを」

と、佐保は芳を見た。

「ああ、そうだよ。なんとかして後継ぎをとお思いなのさ。ま、仕方ないことだけどね。嫁して三年子なきは去れって言ってもさ。そうそう追い出すわけにもいかないしね」

と、芳は呟《つぶや》くように言った。

「それに、一番気にしているのは、若奥さまだと思うし。でもあの通り、あまり身体がお強い方じゃないし」

志津が、子供がないのを気に病んでいることは、佐保もなんとなく気付いていた。

早く子供ができればと願ってはいるが、周りがやきもきすればするほど、こういうことは上手《うま》くいかないものだ。

「いくら精がつくものをと言っても、そればかり食べるのはよくないはずです。それに……」

「それに何だい？」

「お勝さんに合ったからといって、志津さまに合うとも限りませんし」

「だよねぇ」

佐保は芳と二人、どうしたものかと溜息をついた。

「あ、佐保さん、あんた医学館の方へ手伝いに行く日じゃないのかい？」

「そうです」

「じゃ、後は私がなんとかしておくよ」

芳はそう言うと、佐保を送り出してくれたのだった。

佐保が芳に後をお願いして、医学館に出向くと、大変な騒動が起きたところであった。

「ああ、良いところに」

賄いの手伝いをしてくれているマサという女が、佐保の顔を見るなり、安堵《あんど》したような声を上げ、袖《そで》を引っ張って、台所の奥へと引っ張っていった。

「伍助《ごすけ》さんが、血まみれになって」

「えっ」

伍助というのは、いつも野菜を売りに来る男のことである。

「耕三郎先生は？」

「それがいらっしゃらないし。今、瑞峰先生を呼びに行って貰《もら》ってるんだけど」

見ると、伍助が板の間に寝かされていた。

伍助の鼻の穴にはちり紙を丸めて突っ込まれていて、それが血に染まっている。

「えっ？　血って鼻血？」

佐保の声が聞こえたのか、伍助が身を起こした。

「あ、こりゃ、佐保ちゃん」

「どうしたの、いったい」

「いやぁ、さっきから血が止まんなくてよ。鼻血ぐらい大したことじゃねぇって言ったんだが、おマサさんが寝てろってうるさくて」

「でもさ、うちの旦那は鼻血が出た翌日、ころっと逝ったんだもの」

と、マサは心配で仕方ないらしい。

鼻血も場合によっては命取りになる。

伍助の様子ではどうやら命には別状ないようだ。

「え〜っと、確か鼻血止めにいいのは……」

佐保は独りごちると、台所を見渡した。

鼻血を止めるには、蓮根《れんこん》をすった絞り汁が効くのだ。

「ちょっと待っててね、伍助さん」

佐保が蓮根を探しているところへ、押っ取り刀で、瑞峰が駆けつけた。

「なんだ、なんだ。死んではおらぬではないか」

瑞峰はそういうと、伍助の脈を取り始めた。

「やだな、先生。俺は元気ですよ。精をつけようと思って、胡桃《くるみ》もたんと食ってますし」

「何、胡桃を」

「へぇ。鰯《いわし》売りの要蔵から聞いたんですよ。あれって何に、そのぉ、女房孝行には一番効くんでしょ」

「日に何粒ほど食べたんだ」

「何粒って、昨日の晩は笊《ざる》にいっぱい。その前は」

「馬鹿者が！」

と、瑞峰が一喝した。

「ぽりぽり食べりゃ、いいってもんじゃない！　まったく、どんな妙薬でも過ぎれば、身体は壊れる。第一、要蔵に合ったからといって、お前に合うとは限らん！　素人考えは命取りじゃ。養生もほどを過ごすは皆不養生じゃ！」

「そんなもんですか。はぁ」

ちり紙を鼻の穴に突っ込んだまま、瑞峰に叱られてしょげている伍助の姿は、可《お》笑《か》しくて笑える。

でも、これが志津さまだったら……。

と、佐保は思わず想像してしまい、慌てて首を振った。

駄目駄目、そんなことになっては大変。

養生のつもりで口にしたものでも、過ぎれば毒になる。

第一、他人に合うからといって、その人にも合うとは限らない――。

「後で、瑞峰先生から大奥さまにも、同じことを言ってもらわなきゃ」

そう一人ごちながら、佐保は蓮根を擂《す》り下ろしていた。

第四話　小町娘の憂鬱《ゆううつ》

一

「お願いでございます。娘を、お鶴《つる》をどうぞ、どうぞお助けくださいまし」

多紀元胤にそう言って、頭を畳に擦りつけんばかりに頼んでいるのは、江戸でも三つの指に入ろうかという大店《おおだな》、白丸屋《しろまるや》の主人吉兵衛《きちべえ》であった。

元胤は、医学館の督事（館長）と同時に、江戸城奥医師の役目を務めており、大奥でも腕の良い医師として評判が高い。大奥お出入りの呉服商である吉兵衛がそれを聞きつけて、多紀家までやってきたのは菊の花が見事に咲いた重陽の頃だった。

「お客様にお茶をお出ししておくれ」

稀代に命じられて、佐保が奥の座敷へと赴くと、元胤、元堅兄弟の前で、吉兵衛が畳に頭をこすりつけるようにして、娘のことを頼み込んでいた。

「どうぞ、手をお上げ下さい。そのようになさっていては、お話が伺えません」

「はい。すみません」

元胤に促されて、吉兵衛は顔を上げた。

恰幅《かっぷく》の良い、福々しい顔だ。それに、江戸でも指折りの呉服商らしく、質の良いお召を身に纏《まと》っている。

「あっ……」

吉兵衛の顔を見た瞬間、佐保は会ったことがあると思った。

そうだ。吉原で会ったことがある。この御方は、玉紫花魁《おいらん》のご贔屓《ひいき》さんのお一人だ。確か、独り身で寂しい御方だと聞いたことがあった。だが、遊び方はきれいで、変に執心してくるという客ではない。

いつもにこにこと福々しい顔でやってくるので、遣《や》り手のお梶などは「呉服屋のお福さま」とあだ名をつけて呼んでいたのだ。

前に見かけた時に比べて、娘心配のあまりであろうか、憔悴《しょうすい》して顔色がすぐれないように、佐保には見えた。一方の吉兵衛は佐保のことなど目に入っていないのだろう。必死の面持ちで元胤を見ている。

廓《くるわ》のことはよそでは話してはいけないというのが、佐保が玉屋山三郎にきつく教え込まれたことだった。これ以上、まじまじ見ては申し訳ないと、佐保は下を向いたまま、そっと茶を出した。

「お鶴さんというと、あの日本橋小町の？」

と、問いかけたのは、元堅であった。

「ほうぉ、娘さんはそう呼ばれているのかい」

元胤は知らないようであった。

「浮世絵から抜け出たような美人だと、そりゃ有名ですよ」

と、元堅が言うと、吉兵衛は恥ずかしそうに首を振り、謙遜《けんそん》してみせた。

「いえいえ、そのようなことは」

「でも美人なんでしょ」

と、元堅が重ねて問うと、吉兵衛は恥ずかしそうに頷《うなず》いた。

「親の欲目とお笑いくださいまし。お鶴は亡くなった母親似でございまして、よそさまがどう仰《おつしや》るかは知りませんが、私にとってはそれはこの世で一番の、掌中の珠《たま》のような娘でございます」

ほらねと言うように元堅が兄の元胤に目をやった。

元胤は頷くと、吉兵衛に向き直った。

「なるほどそれはご心配でしょう。で、娘さんのお体の具合はどのようなものでございますか」

「それなんですが、どんな具合も何も、お恥ずかしいことに全くわかりません」

「はい？」

「実はもうふた月以上、娘の顔を見ていないのです」

そう言うと、吉兵衛は深く息を吐いた。

お鶴という娘の身に何が起きているのだろう――。

気にはなったが、佐保は茶を出すことしか命じられていない。一礼して、そっとその場を去ろうとした。

すると、元胤が待てというように、手で制した。

「白丸屋さん、この佐保は故あってうちで預かっている娘ですが、病《やまい》を癒《いや》す料理人となるべく、医学館で学んでおります。同席させてもよろしゅうございましょうか」

「あなたはおいくつですか」

と、吉兵衛が佐保を見た。まるで見覚えはない様子である。

「……十七になります」

「じゃあ、うちの娘と同い年だ」

と、吉兵衛は感心したように呟《つぶや》いた。

「そうですか。こんな若い娘さんが病を癒す勉学をね」

吉兵衛は元胤に向き直ると、佐保の同席を許した。

「ありがとう存じます」

佐保は一礼して、末席に控え直した。

「最初は今年の夏前のことでございました」

と、吉兵衛は話し始めた。

「その日は琴の稽古《けいこ》に行く日だったのですが、自分の部屋から出てくる気配がなく、乳母が今日はお嬢様はお具合が悪いと言いだしまして、風邪でも引いたのかと思っていたのです」

だが、その日以来、お鶴は乳母以外、誰にも会わなくなったというのである。

「理由もわからずにですか」

と、元胤が尋ねた。

「はい。いくら出てこいと言っても、頑《かたく》なに襖《ふすま》を閉じてしまって」

「その前日は？」

吉兵衛は思い返すように少し遠い目になって考えていたが、

「私はその頃、仕事が忙しくて、お鶴と食事を摂《と》る暇もなく……けれど、特に何か変わった様子はなかったと思います」

「では突然、その日から出て来なくなったんですね」

「はい」

「乳母は何と言っているのですか」

「それが、娘が可哀想だと言うばかりで、さっぱり要領を得ません。店の連中にもあれこれ尋ねましたが、みなわからないと申します」

「医者には診せたのですか」

「小さい時分から、お世話になっている順庵《じゅんあん》先生に来ていただいたのですが駄目だったというように、吉兵衛は首を振った。

「ああ、順庵先生なら良く存じています。良いお医者ですよ」

と、元胤が応じた。

「はい。ですが、娘が絶対駄目だと、部屋に入ることを許しません」

どんな名医であっても、患者を直に診ることもなく、治せるはずがない。

「それは困ったことですね」

と、元胤が小さく吐息を漏らした。

「はい」と、吉兵衛は申し訳なさそうな顔になった。

話を聞きつけた伯母《おば》が、祈禱《きとう》師を連れてきたこともあったらしいが、お鶴を余計に頑なにさせただけだったようだ。

「強引に踏み込もうとしたのが良くなかったのかもしれませんが、『殿方が部屋に入ってくるなら、死ぬ』と泣き叫びまして、もうどうしたらいいものか。困り果てた次第で」

と、吉兵衛はまた溜息《ためいき》をついた。

「それは、男が駄目ということですか」

と、今度は元堅が尋ねた。

「特にということのようでございます」

「何か嫌な目にでも遭ったのでしょうか。言い寄ってくる男が振られて嫌がらせをしたとか」

とんでもないというように、吉兵衛は首を振った。

「外に出るときには、必ず店で一番の腕っ節の者を用心につけておりました。そのようなことは断じてあるはずがございません」

「外でないなら、たとえば、変な文が来たとか」

「いえ、そのようなことでしたら、店の者が誰一人知らぬはずがありません」

困ったなというように、元胤と元堅は顔を見合わせた。

「……あのぉ、一つよろしいですか」

と、佐保が恐る恐る問いかけた。

「何でしょう」

何でも訊《き》いてくれというように、吉兵衛は佐保を見た。

「お食事は？　ちゃんと摂っていらっしゃるんでしょうか」

「ええ、それは乳母が朝夕きちんと膳《ぜん》を用意しますので」

ご不浄や風呂《ふろ》などの身の回りも乳母がせっせと世話をしているらしい。

「ご不便はないわけですね」

「はい。でも、部屋から泣き声が漏れることがございます。きっと苦しいのでございましょう。不憫《ふびん》でなりません」

「うむ」と、元胤が考え込んだ。

「ご教示くださいまし。私はどうすればよろしいでしょうか」

元胤は渋い顔で腕組みをし、黙ったままだ。

すると横から、元堅が兄の元胤に問いかけた。

「気鬱《きうつ》の病《やまい》なんでしょうかね」

「かもしれぬが、脈も取れぬ有様では見立のしようがない」

「ですよね」

そう言ったきり、元堅も兄と同じように腕組みして黙り込んだ。

「そう仰《おっしゃ》らず、何か手立てはございませんか」

吉兵衛は救いを求めるように、元胤と元堅を交互に見ていたが、やはり無理なのかと、肩を落とした。

「あのぉ、私が白丸屋さんに行ってはいけませんか？　もしかしたらですが、女の私にならら会ってくれるかもしれません」

と、佐保が伺いを立てた。

「無茶を言うな」

元堅が即座に異を唱えた。

「お前は医師ではないんだぞ。会ったところで病人の見立などできるわけもない。

そうでしょ。兄上」

「確かにその通りだが……」

元胤はそう呟いたが、吉兵衛はもうすがりつかんばかりの勢いで、佐保に迫っていた。

「お願いします。どうかお鶴に会ってやってください」

その様子を見て、元胤が佐保へ目をやった。

「佐保さん、行ってくれるか」

「そんな。いいんですか」

目を剝《む》いている元堅をよそに、佐保は「はい」と力強く答えたのだった。

翌日から佐保は日本橋の白丸屋へ通うことになった。

医学館から日本橋までは直線で半里（約二キロメートル）ほどの距離になる。医学館を出て、南へすぐ、神田川を渡って、牢屋《ろうや》敷《しき》のある小《こ》伝馬町《でんまちょう》を過ぎ、富くじで有名な椙森《すぎのもり》神社から南西へ向かうとすぐ日本橋という具合だ。

日本橋は徳川家康が江戸へ入府してすぐの慶長《けいちょう》八（一六〇三）年に造られた。東海道をはじめとする五街道の起点であり、諸国からの人々が行き交い、近辺には高札場や魚河岸《うおがし》、米河岸、材木河岸などもあり、江戸における商いの中心地でもあった。

船の荷を下ろすのにも、売りさばくにも好都合とあって、特に、椙森神社のある堀留町《ほりどめちょう》からその隣の富沢町界隈《とみざわちょうかいわい》は呉服・木綿・生糸を取り扱う伊勢《いせ》や近江《おうみ》商人の問屋が多く集まっていた。

白丸屋も元は近江の出である。初代である吉兵衛の曾祖父《そうそふ》が江戸へ出てきた当初は小間物屋だったそうだが、商いの才覚に恵まれていたのか、見る見るうちに身代を大きくしていった。二代目の吉兵衛の祖父の代には太物と呼ばれる綿や麻の織物から、正絹のいわゆる呉服までを扱うようになり、日本橋のど真ん中に店を張るまでになった。

いわゆる「近江の千両天秤《てんびん》」（天秤棒《てんびんぼう》一本から財を築く）を地でいくような出世ぶりで、今では大奥御出入りの呉服商として、その名を知らぬ者はいない。

どんなに稼いでいても、白丸屋では、近江商人の心得である「三方よし」（売り手によし、買い手によし、世間によし。売り手買い手が満足するのは当然のこと、世間に還元できてこそ良い商売である）を守って、手堅い商売をする。

とはいえ、堅実だといっても、そこは豪商。店の奥から続く屋敷には、見事な枝振りの松から池、築山《つきやま》まで備わった中庭があり、まるでどこかの大名屋敷かと思うほどに、立派なものであった。

佐保はお鶴の乳母ゑいにいざなわれ、お鶴の部屋へと向かった。長い廊下の先、手入れの良い美しい中庭に面した部屋の前で、ゑいの足が止まった。

「こちらです」

ぴかぴかに磨かれた廊下と真っ白な障子に差す陽の光――お鶴の部屋は、家の中でも最も気持ちの良さそうな場所にある。これだけでも吉兵衛が一人娘をどれだけ可愛がっているかが、よくわかるというものであった。

「お嬢様、昨夜お話しした佐保さんがおいでになりましたよ」

と、ゑいが中に声をかけた。だが、返事はない。

ゑいが障子に手をかけると、

「嫌」

と短く鋭い声がした。やはりすぐには会ってくれないらしい。

佐保は障子の前に座ると、中へ声をかけた。

「はじめまして。医学館から参りました佐保と申します。そのままで結構ですので、少し私とお話ししませんか？」

しばらく聞き耳を立てたが返事がない。

ゑいが佐保の耳元で、「お嫌でしたら、帰れとおっしゃいますから」と囁《ささや》いた。

つまりは大丈夫ということのようである。佐保は頷《うなず》くと、縁側に座り直した。

「私は十七になります。お鶴さんも同い年なんでしょ。それにしても良い御屋敷ですね。庭も綺麗《きれい》で……そうそう、医学館には薬草園というのがありましてね。いろんな珍しい草花が植わってるんですよ。お鶴さんは秋の七草って知ってますか」

と話し始めた。

それから半刻《とき》（一時間）ほど、友達と世間話でもするように、佐保は医学館での出来事を面白可笑しく話して聞かせた。

「でね、学生さんたちったら、競うようにしてものすごい勢いで栗ご飯を平らげてしまって、その様子ったら、本当、熊みたいで」

「……………」

中から返事はないが、時折、くすっと笑っているような気配があった。

「あ、もうこんな時刻。そろそろ、私帰りますね。また来ます」

佐保は明るく言い終えて、その日は白丸屋を辞した。

二

翌日もその翌日も、佐保は鶴を訪ねた。

ゐいが縁側に座布団と茶菓子を用意してくれているので、座り込んで、話をする。

昨日作った料理のことから、医学館の様子、多紀家の大奥さまがどれほど怖いかということ、胡桃《くるみ》の食べ過ぎで鼻血が止まらなくなった男のことなど、時にはゐいも一緒になって笑い声を立てる。

岩戸に閉じこもってしまった天照大神《あまてらすおおみかみ》を誘い出したアマノウズメの如く、楽しい笑い声を誘い水にして、障子を開けさせるという戦法である。だが、中々、お鶴と話すところにまでは至らない。顔はおろかどんな声かもわからない。

ゐいに頼んで、お鶴の膳《ぜん》を見せてもらったが、ゐいが心を込めて献立を考えているせいか、一汁三菜。炊きたてのご飯に季節の野菜や魚などがまんべんなく摂《と》れているように思える。特に気になることはない。

とにかく、お鶴と直《じか》に接することができなければ、佐保には彼女の足りないものが感じ取れないのであった。

「今日もだめか」

それから数日後の帰り際、佐保が思わずそう言って溜息《ためいき》をつくと、見送りに出た乳母のゑいが、懇願するような目で、佐保の手を取った。

「お嬢さまは佐保さんがいらっしゃるのを楽しみにしておいでです。どうか、懲りずにまたお越し下さい」

「私のことを楽しみに？　本当ですか？」

「はい。昨夜、お体をお拭《ふ》きしているときに、佐保さんてどういう生まれの人なのってお尋ねになりました」

「まぁ、そんなことを」

「ご自分でお尋ねになればとお勧めしたのですが、ううんと首を振られて。でも、ずいぶん、心を惹《ひ》かれておいでだと感じました」

手応《てごた》えはあるということだ。人恋しさもあるのかもしれない。

「お嬢様は、本当は明るくて外に出るのがお好きだったのですよ。以前はお庭で、ゆきとお遊びに。でももうそれも叶《かな》わなくて」

「ゆき？」

「あ、犬でございます。妹のように可愛がっておいででしたが、去年、死んでしまいまして」

「そうですか」

「旦那《だんな》さまが、白丸屋に白犬なら縁起良いだろうと、お母様がお亡くなりになって、お淋《さび》しいお嬢様のためにお連れになった犬でした」

ゑいによると、それはそれは愛くるしい白犬だったらしい。

仔犬の頃から、十年以上、お鶴にとっては家族同然の犬だったようだ。

「お嬢様にとって、唯一心を許せる相手だったのかもしれません」

と、ゑいは涙をぬぐった。

「ですから、どうか、お願いいたします」

ゑいは、見捨てないで欲しいと言うのである。

「わかっています」

佐保はまた明日来ると言い置いて、白丸屋を後にしたのだった。

翌日、佐保がまた白丸屋へ向かおうとしていると、元堅が呼び止めてきた。

「また行くのか」

「ええ、急いでおりますので」

素っ気なく言って出かけようとした時だ。

「これ、持っていけよ」

と、元堅が袋を差し出した。

袋には、さらりと一筆で書かれた梅一輪の中に「紅」の文字が記されてある。

「あ、紅梅屋の塩豆大福！」

「女はだいたいこういうものが好きだろ」

元堅はつっけんどんにそう言うと、佐保に袋を強引に押しつけ、すぐに踵《きびす》を返して立ち去ろうとする。

「あ……」

袋越しに、柔らかな餅《もち》の感触と重みが伝わってくる。

わざわざ買いに行ってくれたのだろうか。お鶴との面談が上手《うま》くいくことを、元堅は元堅なりに願ってくれているのかもしれない。

「ありがとう存じます！」

佐保は大きな声で、元堅の背に向かって礼を言った。

佐保は、ゑいに塩豆大福をことづけた。

「お嬢様、喜びます。ここの塩豆大福と栗饅頭《くりまんじゅう》が大の好物でいらっしゃいますから」

「そうだったんですね。じゃ、次は栗饅頭を持ってこなくちゃ」

「すぐお茶を淹《い》れます。どうぞ、今日もゆっくりなさっていってください」

佐保はゑいに礼を言ってから、お鶴の部屋へと向かった。

佐保は縁側に座って、塩豆大福を頬張りながら、中で同じく食べているだろうお鶴に向かって、話しかけた。

「……その塩豆大福。多紀家の元堅さんていう若先生が買ってきてくれたんですよ。元堅さんてね、ちょっと変わったお人で、初めてお目にかかったのは私がまだ吉原にいた時なんですけどね」

「吉原って、遊廓《ゆうかく》の？」

と、その時初めて、お鶴から反応があった。嬉《うれ》しさを押し殺し、佐保は話し続けた。

「ええ、私、そこで育ったんです。親とは火事で離ればなれになってしまって。玉屋という大見世があるんですけど、そこのご主人に拾われて、今年の夏までご厄介になってました」

佐保は奥の気配を窺《うかが》った。相づちの声はなくしばらく間が空いた。

また黙りこくってしまうのか。そう案じたときに、お鶴がこう問うてきた。

「……それは御女郎になったということ？」

「いえ、それは。修業はしましたけれど、なっていません」

「修業？」

「お茶やらお花やら、それに和歌や琴、囲碁のお相手もします」

「……御女郎さんもそういうことをするの？」

「みんながみんなじゃないです。花魁《おいらん》になるにはそれ相応の修業がいって」

「……ご苦労なさったのね」

「苦労と思ったことはなかったです。吉原ではみんな優しかったですから」

「吉原は怖いところではないの？」

「怖い……う～ん。そういうところもあるかもしれませんけど。幸い、私は怖い目には遭ったことがありません」

佐保の脳裏に、吉原の女たち――玉紫花魁や遣《や》り手のお梶たちの顔が浮かんでは消えた。吉原で逞《たくま》しく生き抜いている彼女たちは、これまで、佐保が到底知りようもない、怖い目、悲しい目に遭ってきたのだろうか。

あの美しく優しい笑顔の裏にはどんな涙が隠れていたのだろう……。

「ねぇ、佐保さん」

と、お鶴が初めて佐保の名を呼んだ。

「何ですか」

　と、思わず、佐保の声が弾む。

「花魁て、やっぱり綺麗《きれい》？」

「そりゃあもう、もちろん。私の大好きな花魁は玉紫さんて言うんですけど」

　と、玉紫の名を出した途端、佐保は「しまった」と思った。

お鶴の父は玉紫の馴染《なじ》みだ。そのことをお鶴が知っていたら……。

だが、お鶴は知らないのか、

「玉紫、名前も綺麗だこと」

と呟《つぶや》いた。その声に何の曇りも感じ取れない。

「……はい。名前もお顔もそりゃ綺麗な方です」

「そう」

「目なんか涼やかで、歌を詠む声も美しいし。それに心根もそりゃ優しいお人です」

「まぁそう」

佐保の話に食いついたのか、お鶴が身を乗り出している気配がした。

「はい」

佐保は嬉しくなってさらにこう続けた。

「それに、玉紫さんの肌はそれはそれは白くてすべすべとしていて、雪のようだとか、餅のようだとかいわれます。女から見ても、もう吸い付きたくなるような、そりゃあ綺麗な肌で」

中で、かちゃっと、茶碗《ちゃわん》を置く音がした。

「どうかしましたか？」

「………………」

何やらくぐもった声がした。

「え？　なんですか、お鶴さま？」

「帰って」

今度ははっきり聞こえた。

「帰って！　さっさとお帰り！」

お鶴は悲鳴のような声を上げると、わっと泣き始めた。

突然のことで、佐保は茫然《ぼうぜん》となり、声を出すこともできない。

奥に控えていたゑいが慌てた様子で出てきた。

「どうかされましたか？　お嬢様、何が」

「帰って、帰って！」

お鶴は泣きながら、帰ってと叫ぶばかりだ。

「すみません、佐保さん、今日のところはお引き取りを」

ゑいが戸惑いを浮かべたまま、佐保に帰りを促した。

「……あ、はい」

いったい何が気に障ったのか、さっぱり訳がわからないままに、佐保は白丸屋を辞したのであった。


「急に帰れと泣き出した？」

「ええ」

多紀家に戻った佐保は、元堅に塩豆大福の礼を述べてから、お鶴の様子を話した。

「お前のことだから、怒らせるようなことを言ったのではないのか？」

「そんな。何も言ってやしませんよ！」

「いや、言ったな。それは言ったに決まってる」

「決まってません！」

佐保と元堅が言い合っていると、突然、廊下の向こうから雷が落ちた。

「騒々しい！　何を言い合っているのです！」

声の主は稀代であった。

「あ、いけない。兄上に頼まれていたことがあったんだ」

元堅は白々しく言うと、稀代を待たずに、その場を逃げ出した。

残された佐保は、代わりに稀代に頭を下げた。

「すみません」

「いったい、何ごとです」

「それが実は……」

仕方なく、佐保は、稀代に白丸屋での出来事を話した。

稀代はじっと話を聞いていたが、佐保が話し終わると、ぽつりとこう言った。

「それがきっと病《やまい》の種ですね」

「病の種？　花魁の話がですか？」

「ええ。人はね、他人さまから触れられたくないことを言われると、まず怒り出すものなのですよ」

やはり、お鶴は父親が玉紫の元に通っていることを知っていたのだろうか。それで怒らせたとしたら……。

佐保は急に気弱になった。親の色事を知りたい娘などいない。お鶴を傷つけてしまったとしたら、どう謝ったらいいものか。

「あのぉ、どうしたらいいでしょうか」

佐保は思案が付かず、稀代に尋ねた。

「そうですね……。そういうときには謝られると余計にこじれることがあります。いつも通り、何もなかったかのように話をしてみてはどうかしら」

「それで大丈夫でしょうか。私は嫌われてしまったのでは」

「お前もそんな風に気に病むことがあるのですね」

と、稀代が言った。

「嫌ったのだとしたら、会ってくれないでしょうけど、これまでのことを聞く限り、そのお鶴という娘がお前の話を心待ちにしていたのは本当だろうと思いますよ。昨日のことも、しんから嫌で怒ったかどうかは」

わからないと稀代は首を振ってみせた。

「来るなと言われても行くのが、佐保さんだと思っていますよ、私は」

図星だった。そして、稀代はそれが良いことか悪いことかは言わなかった。

だが、ほんの少しだけ稀代が優しく微笑んだように、佐保には思えた。

翌日、佐保は乳母から聞いたお鶴の好物、紅梅屋の栗饅頭《くりまんじゅう》を手に、白丸屋に向かった。

「まぁ、まぁ」

佐保の顔を見た途端、乳母のゑいは転ばんばかりの勢いで、駆け寄ってきた。

「さ、さ、早《はよ》う、奥へ……」

ゑいは佐保の手を引くと、奥へと連れて行く。

「お嬢様、お嬢様、佐保さんがいらっしゃいましたよ」

「あのぉ、お鶴さんは私のことをお怒りでは」

「いえいえ、そんなことはございませんよ、お嬢様、佐保さんですよ」

すると、相変わらず、縁側の障子は閉まったままだったが、中からはお鶴が呼びかける声がした。

「佐保さん、もう来てくれないかと思っていました」

昨日の剣幕とは打って変わって、お鶴はか弱い声だ。

「昨日はあんな風に追い返してしまって、ごめんなさい」

おっとりと悲しそうな声でお鶴は佐保に謝った。

「いいえ、そんな私こそ。……気に障ることを言ったんじゃないかって、そのぉ」

「ううん。佐保さんが悪いんじゃないの。本当に許してちょうだい」

「許すも何も……今日は紅梅屋の栗饅頭を一緒に食べたいと思って」

「まぁ」

「お嬢様、ようございましたね。お茶を淹《い》れてまいります」

と、ゑいが席を外した。その時だった。すっと障子が動いて、ほんの少し開いた。

そうして、佐保が差し出した菓子袋に向かって、中から手が伸びてきた。

「あっ……」

そのすっと伸びたお鶴の手と腕を見て、佐保はハッとなった。

手首から肘《ひじ》に向かっての腕の内側、どんな人でも一番きめが細かいはずの肌が、硬くざらざらとして粉までふいたようになっている。いわゆる鮫肌《さめはだ》だ。

さらに、菓子袋を掴《つか》もうとした親指にはイボが出ていた。

佐保が息を呑《の》んだのがわかったのか、お鶴の手がすーっと中へ引っ込んだ。

障子が閉まろうとする瞬間、佐保は障子の桟を手で止め、そのまま開け放った。

「はっ」

今度はお鶴が息を呑む番だった。お鶴は慌てて、袖《そで》で顔を隠そうとした。

だが一瞬早く、佐保は部屋に入り、お鶴の手を取った。

美しい大きな目をしている。睫毛《まつげ》も濃くくっきりとしていて、聡明《そうめい》さと愛らしさのある顔立ちだ。だが、残念なことに、肌のきめが粗い。いや粗いだけでなく、目の下から顎《あご》、そして首にもぶつぶつとした肌荒れが目立った。

「ごめんなさい」

と、佐保は見てしまったことを謝り、お鶴の手を離した。

お鶴は俯《うつむ》き、嫌々と弱々しく首を振った。

「……私、汚いでしょ」

お鶴の声は消え入りそうだ。

「汚くて、醜くって……」

そう言って、お鶴はむせび泣き始めたのだった。

三

「イボか、湿疹《しっしん》か」

佐保からの報告を聞いて、元胤はうーむと唸《うな》った。

「いつ頃からそういう症状が出ていたか、訊《き》いたかい？」

「はい。乳母のゑいさんとお鶴さんが言うには、以前から春先から夏が来る度、肌荒れを起こすことがあったそうです。それが今年は特に酷《ひど》くて、イボまで吹き出すようになったそうです」

「膿《う》んで腫《は》れているようなものではないのだな」

「はい。私が見た限りでは」

「そんなに酷いのか？」

と、尋ねたのは元堅である。佐保は頷《うなず》いた。

「あれではこの私でも人前に出るのが辛《つら》くなります。お鶴さんは死んでしまいたいと言い出して、ゑいさんを困らせたことがあったようです」

「乳母に心当たりは？　本当にないのか」

「ええ。何かの祟《たたり》りかと考えたこともあったようですが」

と、佐保は首を振った。

「祟りか、まさかなぁ」

と、元堅は呟《つぶや》いた。

「何か薬は飲んでいないのか」

と、元胤が尋ねた。

「はい。ゑいさんが言うには、お鶴さんは大層な薬嫌いで、一切受け付けてくれないそうです」

「なぜ薬嫌いなのだ？」

「お鶴さんのおっかさんは病《やまい》で亡くなったそうなんですが、ありとあらゆる薬湯を試したのに駄目だったとかで。とにかく、薬は信用できないと。それはもう頑固に言い張ったそうです」

「塗り薬もか」

元胤の問いに佐保は頷いた。

「ゑいさんが一度、イボに効くという薬を強引に塗ったそうなんですが、それが合わずによけいに赤く腫れ上がってしまったみたいで、もう一切嫌だとなったそうで」

「はぁ〜治しようがないじゃないか」

やれやれと、元堅が匙《さじ》を投げたような溜息《ためいき》をついた。

「そんな。本当にどうしようもありませんか？」

と、佐保は元胤を窺《うかが》い見た。

「そうだな」

と、元胤も溜息をついた。

「薏苡仁《よくいにん》が使えればと思ったのだが、薬嫌いではなぁ」

どうしたものかと元胤は悩ましい顔になった。

「薏苡仁？　それは何のことですか」

と、佐保は元胤に尋ねた。

「薏苡とはハトムギのこと。仁とは核。つまり、ハトムギの皮を取り除いた種子のことだよ。これぐらいの小さな粒でね」

「あ、それで……」

と、佐保は呟いた。

「ん？　どうかしたか」

元胤に問われた佐保は、何か白い粒々したものを食べさせ
「お鶴さんの肌のぶつぶつを思い返していると、何か白い粒々したものを食べさせなくちゃって……そんな気がしていたのです」

「イボのぶつぶつから、粒々が浮かんだなんて、そんな」

と、元堅が少し馬鹿にしたような顔になった。だが、佐保は大真面目であった。

「そのハトムギをお米に混ぜて炊き込めば食べてもらえるんじゃないでしょうか」

ハトムギ自体は硬いものだが、熱湯につけて一晩おけば、柔らかくなる。それを白米と炊けば、ぷちぷちとした触感で美味《おい》しく食べることができるのだ。

「それに乾煎《からい》りしたハトムギに湯をさせば香ばしいお茶にもなります！」

佐保の提案に元胤が乗った。

「うむ。乾煎りしたものをすり鉢で擂《す》れば、きなこ代わりにも使えるよ、佐保さん」

「はい。いいですね、それ。きなこ餅《もち》がわりにハトムギ餅なら、お鶴さん、きっと食べてくれます。それに……同じ白い粒々なら、胡麻《ごま》も使ってみようかしら」

「ああ、いいね。あと、杏仁《きょうにん》も使うといい」

「きょうにん？」

「杏仁《あんにん》のことだよ。唐土《もろこし》では寒天で固めて菓子にするそうだが」

「ああ、わかりました。それなら、玉紫花魁《おいらん》から作って欲しいとねだられたことがあります。お得意さまが珍しいお菓子だと持ってこられたことがあるんです。杏《あんず》の種の仁を砕いたものですね。ぷるぷるとしていて、お肌によさそうです」

「ああ、薬では咳止《せきど》めに処方するが、杏仁には胡麻《ごま》と同じく肌を潤す力があってね。以前、志津の空咳《からせき》を鎮めるために用いたら、咳《せき》よりも肌あれが治ったと喜んでいたんだ」

「確かに、志津さまも近頃お肌がすべすべなさっておいでですね」

「ああ、女の人は肌の調子が良いと機嫌まで良くなるようだ」

と、元胤は微笑んだ。

「はい、そうですね。ありがとうございます。じゃ、さっそく」

と、佐保は腰を浮かせた。

すると、それまで黙って聞いていた元堅が食い意地の張った顔になった。

「……いいなぁ、杏仁入りのハトムギ餅か、旨《うま》そうだな」

「お前のじゃない」

「元堅さんのじゃありません」

元胤と佐保の声が揃った。元堅は「へへへ」と頭を掻《か》いた。

「お前はほんに食い意地だけだな」

と、元胤が笑う。それを見て、佐保も笑みを浮かべた。元堅が可笑《おか》しいというよりは、お鶴の病《やまい》の治しようが摑《つか》めたという安堵《あんど》の思いが強かった。


翌日、佐保は白丸屋に向かった。

ゑいに言って、お鶴のご飯をハトムギ入りのものに変えると同時に、毎食後飲むほうじ茶にも、煎《い》ったハトムギを加えてもらうことにした。

「どうぞ、試しに飲んでみて下さい」

佐保に勧められて、ゑいは茶を飲んだ。

「なるほど、香ばしくてお味も気になりません。いえ、というより、より美味しく感じます。これならお嬢様も嫌がらないでしょう」

「あと、こうしておくと、きなこ代わりに使えます。餅にまぶしてもいいですし」

と、佐保はすり鉢で、炒《い》りハトムギを擂りだした。

「なるほど！　これは茹《ゆ》でた青菜にかけてもよいでしょうか。あと、甘酒に入れても。どちらもお嬢様の好物です」

「ええ、それと、白胡麻《ごま》とこれも」

と、佐保は粉状の杏仁を差し出し、使い方を教えた。

他にも何か使えるものはないかと、佐保は白丸屋の台所を見渡した。

すると、土間の隅に、木箱が積んであるのが目についた。

「あれはなんですか？」

「紀州から届いたみかんです。旦那《だんな》様がお得意様にお配りするためにこの時期になると取り寄せます。昨日届いたばかりなんですが」

「ちょっといいですか」

と、佐保は木箱を開けた。

「まぁ、綺麗《きれい》」

紀州の温暖な気候に育《はぐく》まれ、艶々《つやつや》とまるで陽の光のような黄色いみかんだ。

みかんの皮を乾燥させたものを漢方では「陳皮《ちんぴ》」と呼ぶ。

陳皮は、理気《りき》健脾《けんぴ》（気を巡らせ、脾を健やかにする）、燥湿化痰《そうしつかたん》（乾いた咳、湿った咳）に効くとされ、風邪で咳や痰が多く出るときに煎《せん》じて飲むと良い。

食す以外にも、みかんの皮を浮かべた風呂《ふろ》は、冷え症やリュウマチ、痛風に良く、緊張を解き、精神を癒《いや》す効果にも優れている。

柑橘《かんきつ》系の爽《さわ》やかな香りによって、気持ちが安らぐのだ。

お鶴は部屋の中に閉じこもって鬱々《うつうつ》としている。

佐保は、みかんの清涼な風味と陽の光のような色は、お鶴の気持ちをきっと晴れやかにするはずだと思った。

「是非、これもお鶴さんに」

「食べた後の皮は干して風呂に入れればよろしいんですね」

ゑいは張り切っていた。


ハトムギにみかん、そして、ゑいの懸命な世話のおかげか、お鶴の肌は日毎に本来の調子を取り戻していった。

年の瀬が近づいた頃には、わざわざ言われなければわからないほどに、目立たないようになった。だが、そうなっても、お鶴はなかなか部屋から出たがらなかった。

「とても良いお天気ですよ。ちょっと外へ出てみませんか」

「神田に京風の小物屋が出来たそうです。可愛い袋物があるそうですよ」

「上野で面白い市が立つそうです。一緒に観に行ってみませんか」

と、佐保があれこれ楽しそうに気を引いてみても、お鶴は首を縦に振らない。

肌はもう十分、人前に出て恥ずかしくないくらいに治っているのだが、何かまだ一つ、外へ踏み出す勇気が出ないようなのだ。

「どうしたらいいでしょうか」

「無理に外へ連れ出そうとしても、本人が出たいと思わねば……。何かきっかけがあればなぁ」

佐保から相談された元胤も頭を抱えていた。その隣では元堅がのんびりと、

「うまい団子屋ができたとでも言えば、俺ならすぐにでも出かけるがな」

などと言いながら、塩豆大福を頬張っている。

「なら、後は神頼みしかないんじゃないかなぁ」

「もうぉ……」

佐保は相手にする気にもなれず、黙ってため息を漏らした。

「なるほど神頼みか」

佐保からこの話を聞いた瑞峰もまた苦笑いを浮かべたが、すぐさま、

「うむ。それもありかもしれんぞ」

と真面目な顔になった。

「もう先生まで」

「いやいや、白丸屋がある日本橋には、福徳《ふくとく》神社があるだろう。あそこは商売繁盛の福を授けてくれると人気だが、確かご祭神は、倉稲魂命《うかのみたまのみこと》のはず。佐保さん、一度はお参りしておいたほうがよいぞ」

そういうと、瑞峰は手近な紙に倉稲魂命と書いてみせた。

「字の通り、稲の神。つまりは、五穀、食べ物を司《つかさど》るありがたい神様じゃ」

食物の神様と聞けば、お参りしないわけにはいかない。

佐保は翌日、白丸屋に向かう前に、福徳神社に寄ることにした。

福徳神社（芽吹稲荷）は、日本橋の浮世《うきよ》小路《しょうじ》にあった。

小路をこうじではなく、しょうじと呼ぶのは、加賀《かが》の言葉で、この辺りの町年寄りが元は加賀の出だったことによる。浮世莫蓙《ござ》を売る店があったとか、湯女《ゆな》がいる浮世風呂があったとか、諸説あるが、なんにせよ、華やいだ名前である。社務所のすぐ近くには百川楼《ももかわろう》という有名な料理屋もあり、賑《にぎ》やかな街中の稲荷神社であった。

神社自体の由緒は古く、貞観《じょうがん》年間（八百五十九年から八百七十七年）には鎮座していたとされる。そもそもは武将からの信仰が篤《あつ》い社で、源義家《みなもとのよしいえ》や徳川家康も足繁く通った。別名である芽吹稲荷は、二代将軍の秀忠《ひでただ》がクヌギの皮付き鳥居に若芽が芽生えたことにちなんでつけたとされ、成長や健康、金運などを願う人が訪れる。

佐保は作法通り、賽銭《さいせん》を弾み、目を閉じて手を合わせ、「どうぞ、お鶴さんが元気になりますように」と願った。

「それと……これから私の作る料理のお導きも。どうぞよろしくお願いいたします」

欲張って二つ目のお願いをしていた時であった。

何やら柔らかいものが、足元に絡みついた。

「えっ……」

驚いて足元を見ると、真っ白な塊が目に入った。なんと、つぶらな瞳《ひとみ》をした仔犬がく～んと甘えるように鼻を鳴らし、佐保を見上げているではないか。

「まぁ、どこから来たの、お前」

佐保がしゃがむと、仔犬はちぎれんばかりに尻尾《しっぽ》を振って、自ら佐保の腕の中に飛び込んできたのであった。

その足で、佐保は白丸屋に向かった。

「まぁ、福徳さまで、この犬を」

「そうなんです。どこの仔か、ついてきてしまって」

庭先から、ゑいに向かって、事の次第を話していると、仔犬はワンワンと小さく吠《ほ》えた。それを合図のように、障子が開いて、お鶴が顔を出した。

「まぁ！」

お鶴の声に応じるように、仔犬は佐保の腕から飛び出し、お鶴の膝元《ひざもと》に駆け上がった。

「こら！」

佐保が止めようとしたが、間に合わない。

ゑいが構いませんというように、笑顔で佐保を制した。

「ゆきでしょ、お前。そうなのね」

お鶴は、懐かしい愛犬と再会したかのように、仔犬を抱きしめ、頬ずりし、仔犬もまた、安心しきった様子でお鶴の顔をペロペロと舐《な》めているのであった。

その日から、仔犬は「ゆき」と名付けられ、白丸屋の飼い犬となった。

お鶴は、ゆきを追いかけるようにして、庭で遊ぶようになり、自然と外へも出るようになっていったのであった。

四

新しい年が明けた。

白丸屋の店先に、美しく着飾ったお鶴と佐保の姿があった。

佐保も今日だけはお鶴の着物を借りて、大店《おおだな》のお嬢さん気分だ。

「二人とも本当に綺麗《きれい》だ。ねぇ」

と、吉兵衛が目を細めて、傍らの元堅を見た。

元堅は、今日は吉兵衛から二人の付添《つきそい》を頼まれていた。

「付添なら、ゆきがいるから大丈夫よ」

「まだゆきは仔犬じゃないか。そういわず、元堅さまに連れていってもらいなさい」

吉兵衛はそう言って、ゆきを胸に抱いている。吉兵衛もまた、ゆきに首ったけなのだ。

「お任せください」

と応じた元堅だったが、佐保とお鶴が着飾った姿は、まるでそこに大輪の牡丹《ぼたん》の花が咲いてでもいるような華やかさだ。この二人を連れて、七福神詣《まい》りに出かけるのは元堅にとっては、名誉でもあり気恥ずかしくもある。

「じゃ、行こうか」と言おうとした元堅だったが、代わりに口から出てきたのは、悲しいことに、しゃっくりだった。

「ひっ！」

「やだ、元堅さまったら、また」

と、佐保が笑う。

「またって？」

と、お鶴が問う。

「あのね、元堅さまはね」

「ち、違うって、ひっ」

佐保とお鶴に笑われると、元堅のしゃっくりは益々激しくなった。

「おい、誰か、先生にお水を」

と、吉兵衛が奥へ声をかけた。

その隙に、佐保はお鶴と目配《めくば》せし合った。二人っきりで楽しんだ方がよほど良い。

「じゃ、お先に」

佐保はお鶴の手を取り、店を飛び出した。

「おい、ちょっと。待ちなさい。これ」

後ろで吉兵衛の声がしたが、佐保とお鶴の足は止まらなかった。

はぁはぁと息が荒くなり、日本橋の真ん中で、佐保たちは立ち止まった。

走ってきたので息は苦しいが、心は弾んでいる。

「佐保さん、ほら！」

お鶴が指さす先、澄み切った青空の中に、白く雪をかぶった富士のお山が綺麗に見えた。

佐保は拝むように、パンパンと手を叩《たた》いた。お鶴も真似をする。

「楽しいね」

「うん、楽しいね」

佐保はお鶴が元気になってくれたのが嬉《うれ》しくて自然と笑顔になってしまう。

それはお鶴も同じようで、弾《はじ》けんばかりの笑顔だ。

フフフ、ハハハ……何が可笑《おか》しいのか、笑うことがさらに笑いを誘うのか。

着飾った若い娘が二人、往来で笑っている姿は人の目を惹《ひ》く。

注目を集めていることに気付いた二人は、慌てて澄まし顔になった。

そうして、それがまた可笑しくて、笑い合うのである。

「ねぇ、どこからお詣りする？」

佐保が問うと、お鶴は「福徳様から」と答えた。

七福神参りの神社ではないが、ゆきを引き合わせてくれた大切な神様だ。

「よし行こう」

と、歩き出してすぐ、佐保は向こうからやってくる人の中に、懐かしい顔がいるのに気付いた。

颯太と清蔵であった。向こうも気付いたようで、颯太の足が止まった。

「どうなすったんで」

颯太の足が止まったのを見て、清蔵が問うた。

「いや、ちょっと」

颯太はきびすを返そうとしたが、清蔵は向こうに佐保がいるのがわかっていた。

「年始の挨拶《あいさつ》ぐらい、してもいいんじゃねぇですか」

清蔵はそう言うと、そっと、颯太の背中を押した。

「颯ちゃん！」

弾けるような笑顔で、佐保が駆け寄ってきた。

それを見て、清蔵はすっと邪魔にならないように外れた。

「元気だった？」

「おお。お前も元気そうだな」

「うん！」

「えらくいい着物、着せて貰《もら》ってるじゃねぇか」

「これはお鶴さんの」

と、佐保は後ろを振り返った。

少し後ろで、お鶴が「誰？」と言いたげにこちらを窺《うかが》っている。

「お鶴さん」

と、佐保はお鶴を呼んだ。

「これが颯ちゃん、颯太さんは私のお兄さんみたいなもんで。こちらは白丸屋のお嬢さんでお鶴さん」

と、佐保は紹介した。

「佐保がお世話になっております。仲良くしてやってください」

颯太が丁寧に腰を折り、にっこりと微笑んだ。

「……こちらこそ」

お鶴はモジモジと恥ずかしそうに答えた。耳まで真っ赤になっている。

そこへようやく元堅が追いついた。

「おい、お前ら、ほん、本当に、女のくせに足が速いな」

必死に走ってきたせいか、息は荒い。その分、しゃっくりは止まったようだ。

「あっ」

と、元堅が颯太に気付いた。

「若先生、明けましておめでとう存じます。今年もよろしくお願いいたします」

先に、颯太がしっかりと元堅に対して挨拶をした。

「ああ、どうも。こちらこそ」

「颯ちゃん、これからどこ行くの？」

「俺は……ちょいとご贔屓《ひいき》へご挨拶さ」

「へぇ、ちゃんと仕事してるんだね。お父さんたち元気？」

「ああ。じゃあな」

もっと話をしたかったのに、颯太はさっさと切り上げたい様子だ。

佐保は慌てて付け加えた。

「飴《あめ》、ありがとうね」

「えっ」

颯太はじろりと元堅を見た。

「あ、いや、私は何も……何も」

言ってないと思ったのか、颯太は首を振った。

仕方ないと、慌てて元堅は小さく息をつくと、

「じゃ、達者でな」

と、佐保に告げた。そして、後ろの清蔵に声をかけた。

「行くぜ」

「へぇ」

清蔵は懐かしそうに佐保に微笑んでから、颯太の後を追った。

「颯ちゃん、またね！」

佐保はその後ろ姿に声をかけた。返事の代わりに、颯太はひょいと小さく手を頭の上へ上げた。

いつの間にあんな格好するようになったんだろう、と佐保は思った。

また少し背丈が伸びたみたいだ。

清蔵を従えて去って行く姿はえらく粋に決まっていて、知らない男みたいだ。

「……羨《うらや》ましい」

と、お鶴が呟《つぶや》いた。

「えっ？」

「だって、佐保ちゃんにはあんな立派なお兄さんがいるだなんて」

そう言いながら、お鶴は顔を赤らめている。

佐保はちょっぴり晴れがましい気持ちになった。

「行こっか」

と、佐保はお鶴の手を取った。

「また走る？」

と、お鶴が誘うように笑う。

「うん！」

佐保とお鶴が走り出した。

「おい、駄目だって。おい、お転婆！」

慌てた元堅が追いかけてくる。

正月晴れの澄み切った空に、佐保たちの楽しそうな笑い声が響いていた。

あとがきにかえて

人はどうして病気になるのだろう。風邪やインフルエンザが流行する時、同じ場所にいても罹《かか》る人、罹らない人がいるのはどうしてなのだろう——。

この疑問、誰でも一度は考えたことがあるのではないでしょうか。

かなり前になりますが、私はある取材で知り合った医師に、この疑問をぶつけました。答えは「免疫力」すなわち、自己防衛する力があるかないかでした。

この力は加齢や生活習慣、食生活により変化します。加齢は防ぎようがないけれど、生活習慣や食生活は努力すれば改善できます。

食いしん坊の私は食に重点を置いて、この力を養いたいと考えました。

なるだけ薬やサプリメントに頼らず、食事により健康な体を作りたい——西洋医学が嫌いなわけではありませんし、特別な自然派志向でもありませんが、そう考えたときに出会ったのが、日本古来の養生である漢方でした。

漢方は、ご存じのように中国から伝来した医術が元になっています。あの苦っぽい粉薬をイメージする方が多いでしょうが、漢方養生はそれだけではありません。

たとえば精がつくとされる山芋も漢方食材の一つ。風邪の初期に処方される葛根《かっこん》湯《とう》はその文字の通り、葛粉《くずこ》が主成分。デザートにするとおいしい葛餅《もち》の葛です。同じく、生姜《しょうが》や蓮根《れんこん》、大根、人参、すっぽん、鰻《うなぎ》、羊肉……等々、身近にある食材が体づくりにどう役立つのか、それを教えてくれるのが漢方養生でもあるのです。

今回、執筆にあたって、私自身、漢方養生指導士の資格を取るべく勉強しましたが、漢方の世界はとても奥が深く、友人の阿部《あべ》ららさんにお力添えをいただきました。ららさんは中国のお生まれ。三代続く中国伝統医学の医師の家庭に生まれ育ち、ご自身も国際中医薬膳《やくぜん》師となり、薬膳料理研究家として活躍中の方です。

ららさんからは、病状に応じた漢方的なアプローチや食事の献立作り、資料提供をいただきました。大変お世話になりました。ここにお礼申し上げます。

なお、作品中にもありますように、漢方養生は人それぞれの体質により、アプローチが異なり、万能ではありません。内容を鵜呑《うの》みにせず、危急の場合や、持病がおありの方、何か服薬中の方は、必ずご自身でかかりつけ医のご指示を得てくださいますよう、お願いいたします。

佐保の薬膳料理

レシピ1　黒豆の薬膳ぜんざい

現代は圧力鍋でたったの10分♪
本文では腎精不足で足腰だるいお梶に

材料（4人分）

・乾燥黒豆……１５０g
・黒豆の漬け汁……４５０ml
・生姜の絞り汁……小さじ1
・クコの実……20粒ほど
・てんさい糖（黒糖ｏｒきび砂糖も可）……１４０g
・塩……適宜

作り方

1　黒豆を大きめのボウルに入れ、５００mlほどの水でひと晩浸しておきます。

2　圧力鍋に、ひと晩おいた黒豆と４５０ml漬け汁を入れ、強火にかけます。クコの実は小さめのボウルに入れ、水（分量外）に浸しておきます。

3　蒸気が出てきたら、弱火にして、10分加熱します（加熱時間はお使いの圧力鍋で加減してください）。

4　蓋を開け、クコの実、生姜の絞り汁とてんさい糖を入れ、てんさい糖が溶けたら、味見して、お好みで塩を加えてください。

メニューの解説

【黒豆の薬膳成分】

五色：黒　五季：すべて　五味：甘　五性：平　五臓：脾肝腎《ひかんじん》

効能：活血　利水　解毒　健脾　益腎　滋陰　補血

【特にオススメの方】

むくみ／腰痛／消化力が低下している／体力が落ちている／シミ・しわ・白髪が増える

【五彩薬膳ポイント】

黒豆、黒ごま、黒米、黒酢……薬膳では黒い食材をよく使います。

黒豆は古くから使われている薬膳食材で、老化を司る「腎」の働きをよくするとされています。

実は、黒豆の「黒」は「アントシアニン」という色素成分であり、ポリフェノールの一種です。

強い抗酸化作用を持っているため、老化の原因となる活性酸素の発生を抑え、シミやシワ、白髪などの老化を抑える効果も期待できそうです。

まだ現代的な化学成分の分析ができなかった昔でも、日々の食経験から、黒豆のアンチエイジングの力を見抜いていた昔の人たちはすごいですね！

黒豆と同様に「滋補肝腎」の力を持つクコの実と合わせ、さらに体を温めるために、温性の生姜も合わせました。心までホッとするような優しい味の薬膳スイーツです。

レシピ2

いわしのニラ酢和え

本文では生理不順で子宝に恵まれずにいるお勝に

材料（2人分）

・いわしの刺身（必ず新鮮なものを使って下さい）……2尾
・白髪ねぎ……少々
［ニラの辛味ポン酢タレ］
・ニラ……1／8束
・豆板醤……小さじ1／2
・ポン酢……大さじ1
・ごま油……小さじ1

作り方

1 いわしの刺身を食べやすいサイズに切り、ニラをみじん切りにします。
2 ニラ、豆板醤、ポン酢、ごま油を混ぜ合わせ、タレを作ります。
3 タレといわしをよく和え、白髪ねぎを飾ります。

＊本文では焼いたいわしで作っています。

メニューの解説

【いわしの薬膳成分】
五色：黒　五季：夏・秋　五味：甘・鹹《かん》　五性：温　五臓：脾肝腎心
効能：健脾　補気　健脳　活血　明目　安神

【ニラの薬膳成分】
五色：緑　五季：春　五味：辛　五性：温　五臓：肝腎
効能：補陽　降気　活血　化瘀　解毒

【特にオススメの方】
高血圧／不眠症／冷え性／血栓予防・動脈硬化予防・狭心症予防をしたい方／美肌・老化防止・コレステロールの抑制を考える方

【五彩薬膳ポイント】

いわしとニラは、どちらも「活血」作用を持つ食材です。活血とは、血を活性化させ、血液の循環を改善させる働きです。小説では、生理不順のお勝にオススメしたこの料理ですが、冷え性の方にも大変オススメのメニューです。いわしもニラも体を温める「温」の性質、ニラの独特の匂いの元となる成分は、血行をよくして体を温め、風邪予防にも一役買ってくれそうです。豆板醤を効かせたポン酢タレで、食欲もそそられます。

レシピ3

山芋のふわふわ団子汁

本文では胃腸が弱く痩せがちで
食欲不振の元胤に

材料（2人分）

・山芋……120g
・片栗粉……大さじ1
・塩……少々
・大根……1／6本
・にんじん……1／2本
［合わせだし］
・だし汁……400ml
・酒……大さじ1
・みりん……大さじ1
・薄口醤油……大さじ2

作り方

1 山芋のひげをコンロでサッと焼き取り、良く洗ってから、皮付きのままですりおろし、片栗粉とよく混ぜる。大根と人参は千切りにする。

2 鍋に入れた合わせだしを中火にかけ、沸騰直前に弱火にして、山芋をスプーンですくって、鍋にそっと落とす。大根、人参も鍋に入れ、煮崩れないように、弱火でじっくり火を通す。

3 山芋団子が少し透明になったら、火を止め、塩で味を調える。

メニューの解説

【山芋の薬膳成分】

五色：黄　五季：すべて　五味：甘　五性：平　五臓：肺脾腎

効能：健脾　補気　滋陰　潤肺　和胃　調中　益精　固腎

【特にオススメの方】

「気虚」体質の方：風邪を引きやすい／疲れや倦怠感を感じやすい／冷え性／食欲不振／消化機能が低下／胃もたれ／慢性的な軟便・下痢／花粉症／免疫力が低下している

【五彩薬膳ポイント】

山芋は滋養強壮に富み、消化を助けて胃腸を丈夫にする効用があり、乾燥させたものは生薬としても使われています。胃腸が弱く、痩せがちで食欲不振の元胤には最適な食材です。免疫力を高め、元気を補ってくれるので、現代人にも大いに使ってほしい食材です。

山芋の皮は、ポリフェノールやβカロテンなどの栄養素を含んでおり、免疫力を高め、酸化防止の効果が期待出来ますので、皮付きのままですりおろしてください。なお、胃腸の消化吸収を高めるためには、なるべく火を通して食べることをオススメします。

［レシピ］阿部らら（本書の薬膳監修）
薬膳料理研究家・国際中医薬膳師・「五彩薬膳」代表（http://gosaiyakuzen.com）

本書は書き下ろしです。
編集協力／小説工房シェルパ（細井謙一）
薬膳監修／阿部らら「五彩薬膳」代表

お江戸《えど》やすらぎ飯《めし》

鷹井《たかい》 伶《れい》

令和2年 1月25日 初版発行
令和6年 11月30日 7版発行

発行者●山下直久

発行●株式会社KADOKAWA
〒102-8177 東京都千代田区富士見2-13-3
電話 0570-002-301(ナビダイヤル)

角川文庫 22005

印刷所●株式会社KADOKAWA
製本所●株式会社KADOKAWA

表紙画●和田三造

ISBN 978-4-04-108902-6 C0193

角川文庫発刊に際して

角川源義

第二次世界大戦の敗北は、軍事力の敗北であった以上に、私たちの若い文化力の敗退であった。私たちの文化が戦争に対して如何に無力であり、単なるあだ花に過ぎなかったかを、私たちは身を以て体験し痛感した。西洋近代文化の摂取にとって、明治以後八十年の歳月は決して短かすぎたとは言えない。にもかかわらず、近代文化の伝統を確立し、自由な批判と柔軟な良識に富む文化層として自らを形成することに私たちは失敗して来た。そしてこれは、各層への文化の普及滲透を任務とする出版人の責任でもあった。

一九四五年以来、私たちは再び振出しに戻り、第一歩から踏み出すことを余儀なくされた。これは大きな不幸ではあるが、反面、これまでの混沌・未熟・歪曲の中にあった我が国の文化に秩序と確たる基礎を齎らすためには絶好の機会でもある。角川書店は、このような祖国の文化的危機にあたり、微力をも顧みず再建の礎石たるべき抱負と決意とをもって出発したが、ここに創立以来の念願を果すべく角川文庫を発刊する。これまで刊行されたあらゆる全集叢書文庫類の長所と短所とを検討し、古今東西の不朽の典籍を、良心的編集のもとに、廉価に、そして書架にふさわしい美本として、多くのひとびとに提供しようとする。しかし私たちは徒らに百科全書的な知識のジレッタントを作ることを目的とせず、あくまで祖国の文化に秩序と再建への道を示し、この文庫を角川書店の栄ある事業として、今後永久に継続発展せしめ、学芸と教養との殿堂として大成せんことを期したい。多くの読書子の愛情ある忠言と支持とによって、この希望と抱負とを完遂せしめられんことを願う。

一九四九年五月三日

角川文庫ベストセラー